Witwentraining

Dieter Grau

Witwentraining

Heitere Geschichten und Essays
für reifere Menschen

Bibliografische Information der Deutschen Nationalbibliothek:
Die Deutsche Nationalbibliothek verzeichnet diese
Publikation in der Deutschen Nationalbibliografie; detaillierte
bibliografische Daten sind im Internet über
< http://dnb.d-nb.de > abrufbar.

© 2007 Dieter Grau
Satz, Umschlaggestaltung, Herstellung und Verlag: Books on
Demand GmbH, Norderstedt
ISBN 978-3-8334-8150-5

Inhalt

Witwentraining

Das Ehepaar Lückhausen aus der Waldmeisenstraße 13 des rechtsrheinischen Städtchens Obereschbach galt bei vielen Mitbewohnern als Inbegriff ordentlicher Zweisamkeit. Seit mehr als vier Jahrzehnten verheiratet und die ganze Zeit über offensichtlich in großer ehelicher Harmonie lebend, hätten Max und Lotte Lückhausen eigentlich dem Prälaten Vianden bei seinen Predigten in der Stiftskirche als Muster christlicher Tugendhaftigkeit dienen können, wäre da nicht etwas in deren Lebenswandel gewesen, was den Geistlichen zögern ließ, sie seiner Gemeinde als Vorbild schlechthin zu empfehlen.

Es war dem gestrengen Kirchenherrn nämlich nicht entgangen, dass die Lückhausens bei aller Kirchentreue es mit der christlichen Moral nicht so genau nahmen, wie es gottesfürchtigen Schafen gut zu Gesicht gestanden hätte. Zwar besuchten sie regelmäßig den sonntäglichen Gottesdienst und legten dabei nicht nur ordentlich Münzen – und bei besonderen Anlässen sogar mal einen Geldschein – in den Klingelbeutel, aber das Haar in der Suppe der Lückhausens sah das Auge Gottes von Obereschbach im Verstoß der Eheleute gegen das achte Gebot, das im Bibeldeutsch lautet: Du sollst nicht falsch Zeugnis reden wider deinen Nächsten.

Nun muss man der Gerechtigkeit halber sagen, dass weder Max noch Lotte jemals vor einem Kadi als Zeugen – geschweige denn als Beklagte – gestanden hatten und somit auch nie in die Gefahr geraten waren, gegen das christliche Gebot in seiner wörtlichen Bedeutung zu verstoßen. Aber dem Prälaten war von Klatschmäulern zugetragen worden, Lotte Lückhausen habe sich im Städtchen intensiv an der Verbreitung des Gerüchtes beteiligt, Hochwürdens Haushälterin Anna Schmitz, eine vollbusige Endvierzigerin, sorge sich nicht nur um das leibliche Wohl ihres Würdenträgers im Sinne von guter Beköstigung, sondern diene ihm hin und wieder bei seiner Bettruhe auch als »Wärmflasche«, und das nicht nur in eisigen Winternächten.

Zu allem Überfluss habe das Lästermaul Lotte – so hieß es zumindest – Fräulein Schmitz als »Hochwürdens Zölibätchen« bezeichnet, und von ihrem Mann Max sei sozusagen als Entschuldigung hinzugefügt worden, man müsse bei derartigen »Grenzüberschreitungen« priesterlicher Leitlinien doch Verständnis haben. Schließlich sei der Monsignore bei allem guten Willen, christliche Untadligkeit an den Tag zu legen, doch auch nur ein Mann …

Prälat Vianden hatte, als man ihm solches zutrug, spontan daran gedacht, von den Lückhausens eine Entschuldigung zu verlangen, auch um Anna Schmitzens Tränen zu trocknen, die sie über ihre verletzte jungfräuliche Ehre glaubte vergießen zu müssen. Aber da er dann auch andere aus seiner Gemeinde hätte zur Rechenschaft ziehen müssen und das Ganze sich womöglich zu einem handfesten Skandal ausgeweitet hätte, zog er es vor, zu den Gerüchten nichts zu sagen, obwohl er sich im Klaren war, dass ihm sein Schweigen von bösartigen Gemeindemitgliedern als Eingeständnis einer Schuld ausgelegt werden konnte. Außerdem wollte er nicht die früher in der Stadt viel diskutierte Frage aktivieren, warum er, der mit einem Ehrentitel geschmückte Geistliche, als Pfarrer in eine so kleine Stadt wie Obereschbach geschickt worden war, auch wenn die Stiftskirche sich einiger Berühmtheit erfreute. Man munkelte damals, seiner Obrigkeit seien gewisse »Verhaltensweisen« des Prälaten nicht genehm gewesen und man habe ihn deshalb, wenn schon nicht in die Wüste, so doch sozusagen ins Hinterland versetzt. Wie dem auch gewesen sein mochte, Hochwürden hielten es für geraten, Gerüchten nicht durch eigenes ungeschicktes Verhalten neue Nahrung zu geben.

Auf jeden Fall hatte diese Angelegenheit dazu geführt, dass er zu den Eheleuten Lückhausen auf Abstand ging, was sich unter anderem darin äußerte, dass er nicht wie sonst immer den beiden entgegenstrebte und ihnen freundlich die Hand schüttelte, sobald sie in seine Nähe gerieten, sondern ihnen zwar huldvoll, aber doch leicht unterkühlt mit der Hand zuwinkte oder sie gelegentlich sogar unübersehbar übersah.

Solches registrierten die Lückhausens schmunzelnd. Ahnten sie doch, worin die Gründe für den Verhaltenswandel ihres städtischen Kirchenoberhauptes lagen. Aber da sie davon überzeugt waren, im Kern der Sache nicht unrecht zu haben und sich mit vielen Obereschbachern einer Meinung wussten, trugen sie das wohl eher geheuchelte als einer profunden Wahrheit entsprechende Beleidigtsein ihres Prälaten nicht nur mit Gleichmut, sondern sogar mit einer gewissen inneren Heiterkeit.

Sich mit Hochwürden ernsthaft anzulegen, das hätten die Lückhausens nie in Erwägung gezogen. Zu gut katholisch und damit in der Furcht des Herren waren die beiden erzogen, als dass sie die Wichtigkeit des Pfarrers und seines Amtes je in Zweifel gezogen hätten. Da die Eheleute sich seit ihrer Volksschulzeit her kannten, waren ihre religiösen Unterweisungen parallel verlaufen – mit der Ausnahme, dass Max als junger Messdiener mehr Weihrauch und lateinische Liturgiepartikel aufgesogen hatte als Lotte. Aber abgesehen von dieser Sonderbehandlung des männlichen Ehepartners waren die religiösen Entwicklungsphasen der beiden nahezu identisch, was zu dem Ergebnis geführt hatte, dass sie über den lieben Gott, den Himmel und die Unzulänglichkeiten dieser Welt ziemlich dasselbe dachten. So gab es hinsichtlich solcher fundamentaler Dinge, wie man die genannten drei wohl bezeichnen darf, zwischen Max und Lotte kaum jemals Differenzen.

Anders sah es da mit der Frage aus, wer vor dem anderen das Zeitliche segnen würde. Da beide die Mitte des siebten Lebensjahrzehnts bereits hinter sich gelassen hatten, kreisten ihre Gedanken in zunehmendem Grade um das Älterwerden und das, was sich daraus zwangsläufig ergab. Dabei traten sie häufig in einen Wettstreit darüber ein, wer den anderen überleben würde. Während Max sich in seiner Argumentation auf Altersstatistiken berief, denen zufolge

Frauen in der Regel einige Jahre älter werden als Männer, wies Lotte unentwegt darauf hin, dass die meisten Frauen in ihrer Familie vor ihrem sechzigsten Lebensjahr den Löffel hätten abgeben müssen. Folglich könne sie davon ausgehen, dass in ihrem Falle der Ehemann, also Max, sie um Jahre, wenn nicht Jahrzehnte überleben werde.

Dieser Wettstreit zog sich mitunter über Stunden hin, führte aber letztlich zu keinem anderen Ergebnis als dem, dass jeder dem anderen den Vorzug des längeren Lebens wünschte, wobei immer im Hintergrund – wenn auch unausgesprochen – die Frage stand, ob das denn überhaupt ein Vorteil wäre, ohne den anderen weiterzuleben und ohne ihn auskommen zu müssen. Im Stillen hoffte wohl jeder der beiden, es möge ihnen wie den antiken Sagengestalten Philemon und Baucis ergehen, nämlich möglichst gleichzeitig von dieser Erde abtreten zu können und, wenn schon nicht als zwei Bäume, deren Äste sich berührten, so doch in irgendeiner anderen »Zweisamkeit« sich im Jenseits wiederzufinden.

Aber da solches nur Wunschdenken war und die Realität anders aussah, überlegte sich Max – und ihn hatte zeit seines Lebens ein Hang zu praktischen Lösungen ausgezeichnet –, wie er Vorkehrungen treffen könne, damit Lotte im Falle seines Ablebens nicht völlig hilflos dastehen würde. Er kannte seine Lotte nur zu gut. Was den Haushalt betraf, brauchte er sich keine Sorgen zu machen, denn den hatte sie immer während ihrer langen Ehejahre bestens im Griff gehabt. Aber um alles, was mit »Papierkram«, wie sie es nannte, zusammenhing, hatte sie immer einen großen Bogen gemacht und dieses Feld Max allein zur Beackerung überlassen. Auch waren ihr technische Vorgänge nahezu suspekt. Sie verweigerte sich selbst dann, wenn es um so simple Dinge wie das Auswechseln von Glühbirnen ging. Zwar hatte sie schon als junge Frau den Führerschein erworben, aber zu einer echten Fahrpraxis war es bei ihr nicht gekommen, weil die Jungvermählte es so schön fand, ohne jegliche Anstrengung neben ihrem Max zu sitzen und sich von ihm durch die Gegend kutschieren zu lassen. Nur im äußersten Notfall setzte sie sich ans Steuer, zum Beispiel ein- bis zweimal im Jahr, wenn Max wegen einer Dienstreise länger als eine Woche abwesend war, um dann notgedrungen vom Supermarkt Nachschub für den Haushalt herbeizutransportieren. Aber die Autobahn mied Lotte wie der Teufel das Weihwassergefäß. Was hätte nicht alles dort passieren können bei der Geschwindigkeit, mit der andere Verkehrsteilnehmer sich um sie herum zu bewegen pflegten! Nein, schnell fahren, das war nicht ihr Ding. Wenn es schon unumgänglich war, sich in eine Gefahrensituation zu begeben, dann, bitte schön, so langsam wie möglich und immer am rechten Staßenrand entlang, ohne jemals jemanden zu überholen.

Max sah manchmal im Traum Lotte als Witwe im Auto angstvoll den Rückwärtsgang einlegen, um in eine Parklücke zu gelangen, dabei schon von Angstschweiß gebadet bei der Vorstellung, im nächsten Augenblick gegen ein Hindernis zu fahren. Oder er malte sich in Gedanken aus, wie Lotte vor einem Stapel von Papieren wie Steuererklärungen, Kontoauszügen, Versicherungspolicen oder Rentenbescheinigungen sitzen würde, ohne die geringste Ahnung, wie mit solchen den Alltag beherrschenden Unterlagen umzugehen sei.

Das Alarmsignal zum Handeln schrillte bei Max in dem Augenblick, als er sich am Abend vor dem Zubettgehen im Pyjama vor dem großen Badezimmerspiegel nach dem Zähneputzen dabei ertappte, dass er gegen jegliche Gewohnheit die tagsüber gewachsenen Stoppeln abzurasieren begonnen hatte. Max, du wirst alt und vergesslich!, fuhr es ihm durch den Kopf. Und schon am nächsten Morgen schritt er zur Tat. Er begann als Erstes, Hinweise zu schreiben, aus denen Lotte erfahren konnte, wo sich was in ihrem Einfamilienhaus befand, und für jeden Schrank, jedes Regal und den Schreibtisch fertigte er Inhaltsverzeichnisse an. Selbst die Aktenordner erhielten neue, deutlich beschriebene Rückenstreifen, die man sogar ohne Brille aus einiger Distanz hätte lesen können.

Nachdem solches, ohne dass Lotte es recht bemerkt hatte, ins Werk gesetzt war, ging Max daran, die potenzielle Witwe selbst zu instrumentalisieren. Dabei musste er, das war ihm klar, äußerst behutsam vorgehen, denn Lotte hätte sich bei ihrer festen Überzeugung, sie werde sich vor Max von dieser Erde verabschieden, und somit seien Übungen der geplanten Art in ihrem Falle völlig überflüssig, womöglich seinem Witwentraining entzogen.

Als wenige Tage später Papiere von einer Behörde

ins Haus flatterten, deren Bearbeitung keinen Aufschub duldete, behauptete Max, ihm wären seine Haftschalen im kleinen Reinigungsbehälter abhandengekommen und er könnte die Dose trotz intensiver Suche nicht finden. Lotte begab sich daraufhin ihrerseits ans Suchen – vergeblich. Die für das Ausfüllen der Bögen benötigten Augengläser blieben verschollen. Was also blieb ihr anderes übrig, als sich neben Max an einen großen Tisch zu setzen und mit ihm zusammen die Papiere Spalte um Spalte durchzugehen, Zahlen nach Anweisung ihres Ehegesponses einzutragen oder Kreuze in bestimmte Fächer zu machen! Was ihr spanisch vorkam, war die Tatsache, dass Maxens Haftschalen die ganze Woche über verschollen blieben, sodass sie sich dazu bequemen musste, mehrere Überweisungsformulare für die Sparkasse – wenn auch nur als ihres Mannes Assistentin – auszufüllen.

Die Haftschalen fanden sich danach plötzlich wieder. Ein weiteres Mal wagte Max es aber nicht, seine Sehgeräte verschwinden zu lassen. Lotte hatte offenbar Lunte gerochen, und das hätte zur Entdeckung seiner gut gemeinten Hinterhältigkeit führen können. Aber ihn befriedigte der Gedanke, in der Heranführung Lottes an für sie ungewohnte Dinge wenigstens einen Anfang gemacht zu haben.

Als Lotte sich eines Tages darangab, einen Apfelkuchen zu backen – eine Leidenschaft, der sie mit Hingabe frönte –, beschloss Max, die Gelegenheit beim Schopfe zu fassen und ihr eine Lektion in Fragen »technischer Pannen« zu erteilen. Heimlich schlich er, als der Kuchen von Lotte in den Ofen geschoben war und nach einiger Zeit sich an der Oberfläche die erste zarte Bräune zu bilden begann, in den Keller zum Sicherungskasten. An der für die Küchengeräte zuständigen Sicherung schob er den Hebel nach unten, und schon gab der Strom im Backherd und im Kühlschrank den Geist auf. Schnell verdrückte er sich dann in die hinterste Gartenecke, um in angemessenem Abstand vom Ort der sich anbahnenden Katastrophe hinter einem Strauch das weitere Geschehen zu verfolgen.

Er brauchte nicht lange zu warten, denn Lottes Hilferuf nach ihm gellte durch alle Räume des Hauses. Alles Schreien half ihr aber nichts. Max blieb wie vom Erdboden verschluckt verschwunden. Was tun in dieser Situation? Lotte besann sich, dass Max vor Kurzem von einem »Leitfaden in Notfällen« gesprochen hatte, der auf seinem Schreibtisch liegen sollte. Sie eilte dorthin – und tatsächlich, unter dem Stichwort »Stromausfall in der Küche« fand sie Maxens Anweisung: »Im Keller rechts von der Treppe am Sicherungskasten den zweiten Schalter von links nach oben drücken!«

Lotte lief die Stufen abwärts, fand den Kasten und die bezeichnete Sicherung, schob zaghaft, aber mit Erfolg den Schalter nach oben, es knackte, und schon war der Schaden behoben.

Als Max nach einiger Zeit wieder in Erscheinung trat – angeblich hatte er auf der Straße mit Nachbar Büllesbach geplaudert und daher ihre Hilferufe nicht gehört –, zeigte sich Lotte einerseits enttäuscht darüber, dass ihr Gatte in der »Stunde der Not« für sie nicht greifbar gewesen war, andererseits aber sah man ihr an, dass sie auf den doppelten Erfolg, den noch dampfenden, köstlich duftenden Apfelkuchen und die Reparatur des Kurzschlusses, mächtig stolz war. Max nahm das mit Genugtuung zur Kenntnis und sah sich bestätigt in seiner Meinung, dass Lotte durchaus lernfähig sei.

Unverhofft ergab sich für den besorgten Ehemann eine Gelegenheit, Lotte für mehrere Wochen an das Steuer ihres Autos zu bringen. Beim Absägen eines Birnbaumastes war ihm das zwar nicht sehr schwere, aber an der Bruchstelle zersplitterte Holzteil auf den rechten Arm gefallen und hatte dort und an der Hand die Haut so verletzt, dass ein Besuch bei Doktor Fassbender, dem Hausarzt der Lückhausens, unumgänglich war.

Als alter Schulfreund und Skatbruder genoss Max in der Praxis des Mediziners eine Sonderbehandlung. Kaum hatte die Sprechstundenhilfe ihn im Wartezimmer erblickt, da lotste sie ihn auch schon an den anderen Patienten vorbei in einen Nebenraum und gab dem Doktor zu verstehen, dass dort »ein dringender Fall« seiner bedürfe. Der so Informierte begab sich, nachdem er den gerade in Behandlung befindlichen Patienten zur weiteren Verarztung der Sprechstundenhilfe überlassen hatte, in den Nebenraum.

Ein kurzer Blick genügte, und er teilte Max mit, dass die Verletzung harmlos sei und es nur einer Desinfektion und einiger weniger Heftpflaster bedürfe. Max hatte nichts gegen eine doppelte Desinfektion einzuwenden. Dazu tranken sie beide zunächst einen Slibowitz auf ihrer beider Wohl, ehe die Hand und der Arm an die Reihe kamen. Als danach die desinfizierten Wunden verpflastert waren, wollte Dr. Eduard Fassbender seinen Freund Max mit einem wohlwollenden Klaps auf die Schulter verabschieden. Dieser machte aber keine Anstalten zu gehen, sondern druckste verlegen herum, ehe er mit der Sprache herausrückte. Er habe eine Bitte, erklärte er dem zunächst verdutzt, dann aber mehr und mehr amüsiert zuhörenden Mediziner. Das, was er von ihm erbitte, dürfe nie Lotte zu Ohren kommen. Andernfalls würde der Haussegen bei ihnen in arge Schieflage geraten …

Als der Verunfallte zu Fuß in die Waldmeisenstraße zurückkehrte, glich er zumindest an Teilen seines Körpers eher einer Mumie als jemandem, der sich eine leichte Verletzung zugezogen hatte. Der rechte Arm war von der Schulter abwärts bis zu den Fingerspitzen bandagiert, und obendrein machte eine Leichtmetallschiene jede Beugung des Armgelenkes unmöglich. Lotte geriet angesichts ihres einseitig so massiv gehandicapten Ehegatten geradezu in Panik. Erst schlug sie die Hände über ihrem Kopf zusammen, dann brach sie in Tränen aus und bekreuzigte sich bei dem Gedanken, der liebe Gott habe ihren Max zwar vor einer Armamputation bewahrt, aber andererseits doch nicht allzu aufmerksam seine schützende Hand über ihn gehalten.

Max bemühte sich, das aufgewühlte Innenleben seiner Lotte wieder zu glätten, indem er erklärte, die

Wunden seien für ihn nicht gefährlich. Aber er fügte auch hinzu, der Doktor habe dem eingepackten Arm mindestens sechs Wochen Ruhestellung verordnet, was für sie beide bedeute, dass ihnen für die nächste Zeit zusammen nur drei Arme und Hände zur Verfügung stünden.

Er überließ es Lotte, aus dieser Feststellung Folgerungen zu ziehen. Jener wurde schnell klar, dass damit die Hauptlast aller manuellen Tätigkeiten nun auf ihr ruhen würde. Der Schreck fuhr ihr in die Glieder, als ihr aufging, dass sie nun für einige Zeit den Chauffeur für sie beide würde spielen müssen. Ein Taxi herbeirufen, das ging nur im Ausnahmefall. Für die fast täglich anfallenden Normalfahrten wäre das im Hinblick auf das Haushaltsbudget nicht zu verantworten gewesen.

Seufzend und mit dem Schicksal hadernd, setzte Lotte sich am nächsten Tag ans Steuer ihres Mittelklassewagens, getröstet nur durch Maxens Versprechen, er werde, sofern er irgend könne, immer an ihrer Seite sitzen, den Straßenverkehr aufmerksam beobachten und ihr bei allen Handgriffen verbal assistieren, sofern das nötig sein sollte.

Es zeigte sich schnell, dass Lottes Fahrstil von dem ihres Mannes erheblich abwich. Dort, wo er Gas gegeben hätte, weil es keine Geschwindigkeitsbegrenzung gab, rollte sie vorsichtig mit knapp fünfzig Stundenkilometern vorwärts, und dieses Einheitstempo behielt sie auch dort bei, wo ein Verkehrsschild höchstens 30 erlaubte. Max machte Lotte vorsichtig auf solche Verstöße aufmerksam, immer dabei vorausahnend,

dass sie ihn, gereizt wie sie am Steuer war, einen
»Besserwisser« nennen würde. Die Fahrtrouten
legte er nach Möglichkeit so an, dass seine Adeptin
in solche Situationen geriet, in denen Fahrschülern
schon ein gewisses Können abverlangt wird. Er ließ
sie durch Einbahnstraßen fahren, kurvte an ihrer
Seite die Auf- und Abfahrt zum und vom städtischen
Parkhaus hoch und runter, ließ sie bei roter Ampel
mit grünem Pfeil nach rechts abbiegen und achtete
darauf, dass sie trotz Publikumsverkehrs Zebrastrei-
fen nicht einfach überrollte.

Einmal hätte Lotte auf einem solchen beinahe
Prälat Vianden auf den Kühler ihres Fords gehoben.
Dieser schritt in schwarzem Habit und in Gedanken
verloren über den gestreiften Weg an der Stiftskirche, als er plötzlich ein Auto auf sich zukommen sah,
das keine Anstalten machte, die Geschwindigkeit zu
verringern. So gut es ihm bei seiner Leibesfülle möglich war, trippelte er – schwubbeldiwupp – zwei, drei
Schritte vorwärts, wäre dabei aber fast hingeschla-
gen. Als es ihm gelang, sich wieder ins Gleichgewicht
zu bringen, dankte er Gott, dass er nicht zum Gespött
der Passanten wie ein gestrauchelter Pinguin auf dem
Straßenpflaster gelandet war.

Beim Zurückschauen erkannte er, dass es der Wagen der Lückhausens gewesen war, dessentwegen er
sozusagen einen Sprung vorwärts hatte vollführen
müssen. Ist das vielleicht ein Racheakt für die auffäl-
lige Zurückhaltung, die ich dem Ehepaar gegenüber
in letzter Zeit an den Tag gelegt habe?, ging es ihm
durch den Kopf. Aber dann fiel ihm ein, Max Lück-

hausen seit einigen Wochen mit lädiertem Arm beim sonntäglichen Gottesdienst gesehen zu haben. Am Steuer konnte folglich nur dessen Frau Lotte gesessen haben, und der traute er zwar einiges zu, aber nicht die Arglist, ihn einfach unter ihre Räder kommen zu lassen. Also buchte er mental den Vorgang unter dem Klischee »Frau am Steuer« ab und setzte seinen Weg in Richtung Stiftskirche mit der Würde geistlicher Erhabenheit über solche menschliche Unzulänglichkeiten gelassen fort.

Während der Zeit, in der Max seinen Pseudoverband trug, musste Lotte neben dem Autofahren natürlich all jene Dinge anpacken, deren Erledigung in dessen

Aufgabenbereich gehörten. So übernahm sie neben den Schreibarbeiten auch kleine Reparaturen unter Anleitung ihres Mannes, und selbst das ihr verhasste, weil gefährliche Auswechseln elektrischer Glühbirnen gelang ihr schließlich ohne Murren. Als sechs Wochen vorbei waren, fühlte Max über das Ergebnis seines Trainings eine innere Befriedigung. Den Übungszeitraum weiter auszudehnen wagte er nicht, zumal Lotte allmählich ungeduldig wurde und ihn dazu drängte, endlich Doktor Fassbender aufzusuchen, damit jener ihn von den Bandagen und der Leichtmetallschiene erlöse und sie beide wieder zu ihren abgegrenzten Aufgabenbereichen zurückkehren konnten.

Als Max in die Praxis seines Freundes kam, war jener froh, dem »eingebildeten Kranken« seine Bewegungsfreiheit zurückzugeben. Augenzwinkernd machte er sich an das Lösen der Verbände und dachte mit Freude daran, dass Max nun endlich wieder bei ihren allwöchentlichen Skatabenden mit seiner rechten Hand bei einem Grand mit vieren seine Trümpfe temperamentvoll auf die Tischplatte würde knallen können. In der linkshändigen, der schrecklichen Zeit hatte der temporäre Einarmige mürrisch vor einem Holzgestell mit seinem Blatt gesessen und daraus die zu spielenden Karten höchst tollpatschig auf den Tisch befördert. Das war nun endlich vorbei, und so gönnten die beiden sich, als Max wieder die rechte Hand normal benutzen konnte, als Erstes im Nebenzimmer des Behandlungsraumes einen Slibowitz …

Lotte atmete hörbar auf, als ihr der Ehemann unverpackt wiedergegeben wurde. Jeder tat nun das, was er vorher immer getan hatte, wobei Max jeden Tag erleichtert mit dem Gedanken aufwachte, Lotte würde von jetzt ab im Fall der Fälle nicht mehr hilflos sein, sondern sich auf das stützen können, was er mit ihr geübt hatte.

So vergingen mehrere Monate, ohne dass sich etwas in Obereschbach im Allgemeinen oder bei den Lückhausens im Besonderen getan hätte. Prälat Vianden behielt seinen ausgewogenen Abstand zu ihnen bei, Doktor Fassbender praktizierte fleißig weiter, obwohl er dem Alter nach sich bereits hätte zur Ruhe setzen können, und der verwitwete Nachbar Büllesbach war froh über jedes Plauderstündchen, das er mit Max oder Lotte oder mit beiden zusammen über den Gartenzaun hinweg halten konnte. Und so hätte es noch einige Jahre weitergehen können, wenn nicht Lotte eines Morgens, als sie wie üblich mit dem frisch gebrühten Bohnenkaffee aus der Küche ins Wohnzimmer an den Frühstückstisch kam, wo Max über der Zeitung saß, bemerkt hätte, dass jener eine eigenartige Haltung bei seiner Morgenlektüre einnahm. Seine Hände hielten zwar die Blätter hoch, aber er selbst schien hinter der Zeitung völlig verschwunden zu sein. Als sie ihn ansprach, erhielt sie keine Antwort. Nun war das nichts Ungewöhnliches, weil ihr Mann beim Lesen sich so sehr zu konzentrieren pflegte, dass er alle Geräusche, auch Anreden, aus seinem Bewusstsein auszublenden verstand und dann wie taub wirkte. Lotte trat näher an ihn heran, und als sie in sein Gesicht hinter dem Zeitungsrand sehen konnte, begriff sie schnell, dass etwas Schlimmes mit ihrem Mann passiert sein musste …

Die Notarztnummer, die Max besonders groß auf den Deckel des Notizblocks neben dem Telefon geschrieben hatte, fand sie gleich, und es dauerte auch nicht lange, bis der Krankenwagen mit dem Arzt und einem Helfer vor ihr Haus in der Waldmeisenstraße fuhr. Aber alles medizinische Bemühen um den Zusammengebrochenen, alle Reanimationsversuche blieben vergeblich. Lottes Mann hatte sein irdisches Dasein beendet.

Die Nachricht vom Tod des Max Lückhausen machte schnell in Obereschbach die Runde. Auch Prälat Vianden erfuhr am folgenden Tag davon und fühlte sich nun doch in die christliche Pflicht genommen. Was zählte ihr gegenüber schon die Tatsache, dass die Lückhausens und andere ihn und sein Fräulein Anna Schmitz vor vielen Monaten in ein schlechtes Licht gerückt hatten! Die Eheleute waren zu lange wertvolle Mitlieder seiner Gemeinde und zuverlässige Gottesdienstbesucher gewesen, als dass seine Verärgerung über sie in dieser Situation noch ins Gewicht gefallen wäre.

Also beschloss der Pfarrer, Lotte mit tröstlichem Zuspruch noch vor dem Tag der Beerdigung beizustehen und nicht zu warten, bis sie sich an ihn oder vielleicht auch nur an das Pfarramt wegen der anstehenden Beisetzungsabsprachen wenden würde. Er begab sich persönlich zu ihr in das Trauerhaus, nicht ohne vorher durch sein Sekretariat telefonisch klären zu lassen, ob die Witwe seinen Besuch überhaupt wünsche.

Lotte empfing den Geistlichen in schwarzer Kleidung an der Haustür. Sie geleitete ihn ins Wohnzimmer und ließ ihn auf dem Sofa, auf dem er bei früheren Besuchen immer gesessen hatte, Platz nehmen. Nachdem der Pfarrer sein aufrichtiges Bedauern über den herben Verlust, wie er Maxens Ableben nannte, zum Ausdruck gebracht und ein paar tröstende Worte gesprochen hatte, wovon er für einen Anlass wie diesen eine große Zahl in seinem Predigtfloskeln-Repertoire auf Abruf bereithielt, wollte er wissen, wie Lotte mit der neuen Situation fertig werde. Zu seinem Erstaunen zeigte sich die gerade in den Witwenstand Versetzte sehr gefasst. Es sei, so erklärte sie dem Prälaten, von ihrem Mann vor seinem Tod alles bestens geregelt worden, und sie könne im Nachhinein ihrem nun leider verstorbenen Max nur aus vollem Herzen dankbar für alles sein, was er ihr sozusagen in weiser Voraussicht abgenommen habe.

Dem Würdenträger blieb nichts weiter übrig, als solches Verhalten nachdrücklich gutzuheißen. Er versprach Lotte noch, die Exequien in der Stiftskirche besonders feierlich zu gestalten, weil Max ein so wertvolles Gemeindeglied gewesen sei, und verabschiedete sich von ihr, indem er – wie vor der Zeit der Verstimmung – ihre Hände in die seinen nahm und sie freundlich drückte.

In der Tat, Max hatte für nahezu alles vorgesorgt. Schon vor mehreren Jahren war von ihm der Ankauf eines Doppelgrabes auf dem Obereschbacher Waldfriedhof getätigt worden. Seinem Freund und

Skatbruder Eduard Fassbender gegenüber hatte er damals fast beiläufig vom Erwerb eines neuen Grundstücks für sich und Lotte gesprochen. Als der verdutzte Freund wissen wollte, warum das kinderlose Ehepaar sich mit einem solchen Kauf belaste und wie groß das Gelände sei, antwortete Max, das Grundstück werde in späterer Zeit für sie beide sehr wichtig sein. Zugegeben, die gekaufte Fläche sei nicht gerade groß – nur so zweimal zweieinhalb Meter im Quadrat –, aber man müsse ja auch berücksichtigen, dass der Untergrund dazugehöre. Bei dieser Auskunft ging dem Arzt ein Licht auf, und er kommentierte die Erklärungen des Kaufherrn mit dem Satz: »Max, du bist und bleibst ein Eulenspiegel!«

In dem Ordner mit der Aufschrift »Nach meinem Tod zu berücksichtigen« fanden sich Listen mit Anschriften von Freunden und Bekannten, die eine Todesanzeige erhalten sollten, Hinweise darauf, wie man bei welchen Behörden und Ämtern vorzugehen habe, und selbst an ein frommes Wort für den Kopf der Anzeige im Obereschbacher Tagesblatt hatte Max rechtzeitig gedacht und es der wichtigen Sammlung beigefügt. So konnte Lotte trotz des Schocks, den Max ihr natürlich mit seinem plötzlichen Abgang zugefügt hatte, einigermaßen getröstet den kommenden Dingen entgegensehen.

So gut, wie Max alles geplant hatte, so perfekt gestaltete sich die Trauerfeier für ihn und die Beisetzung auf dem Obereschbacher Waldfriedhof. Prälat Vianden zog bei den Exequien alle Register seines Könnens, sparte auch nicht mit Lobeshymnen für den Verblichenen, und die Trauergesellschaft tat ihr Übriges zum Gelingen der schönen Feier, indem sie den Kirchenchor beim Gesang kräftig unterstützte, sobald das gefordert wurde.

Lotte konnte mit allem sehr zufrieden sein, und als es sich herausstellte, dass Max schon vor seinem Heimgang für einen Grabstein beim Steinmetz Geld hinterlegt hatte, war sie auch dieser Sorge ledig und ließ allem seinen Lauf, wie ihr Ehemann es gewollt hatte.

Schon wenige Wochen nach der Beisetzung war das Grab so weit hergerichtet, dass die Bepflanzung beginnen konnte. Lotte wollte das nicht einem Gärtner überlassen, sondern die Grünpflanzen und die Blumen passend zum Grabstein selbst in einem Gartencenter aussuchen. Allerdings stand sie nun vor dem Problem, wie sie von dort das Grünzeug zum Friedhof schaffen sollte. Seit Maxens Tod hatte sie nie ihren Ford benutzt, sondern nur öffentliche Verkehrsmittel in Anspruch genommen. Sollte sie sich nun wirklich ohne Max an ihrer Seite ans Steuer setzen? Sie rang intensiv mit sich in dieser Frage, verschob den Pflanzenkauf mehrmals und hielt an Maxens Grab stille Zwiesprache mit ihm, wobei für diesen, hätte er sie vernehmen können, ihr Vorwurf, sie trotz anerkennenswertem Bemühen letztlich doch hilflos verlassen zu haben, unüberhörbar gewesen wäre.

Als Lotte von einem ihrer Besuche am Grab zum Friedhofsportal zurückkehrte, lief ihr Nachbar Büllesbach über den Weg, der, ausgerüstet mit Gartenschere, kleiner Harke und Gießkanne, sich aufgemacht hatte, dem Grab seiner vor fünf Jahren verstorbenen Frau Elisabeth die monatliche Pflege zuteil werden zu lassen. Er hatte Lotte seit der Beerdigung seines Nachbarn und deren Ehemannes Max nicht mehr zu Gesicht bekommen.

Nun ergriff er die Gelegenheit, sich zu erkundigen, wie es um sie stehe, und ihr Hilfe anzubieten, falls sie solcher bedürfe. Er wisse ja, so ließ er im Laufe ihres Gespräches durchblicken, dass sie nicht gerade eine leidenschaftliche Autofahrerin sei, während für ihn die Fortbewegung im Pkw und dessen Steuerung immer noch zu seinen liebsten Beschäftigungen gehöre.

Lotte kam der Nachbar Büllesbach und sein Bekenntnis zur Autoleidenschaft wie gerufen. Warum also nicht die Gelegenheit beim Schopfe fassen? Sie erzählte von ihrem Pflanzen- und Blumentransportproblem, und in kürzester Zeit war diese Schwierigkeit aus der Welt geschafft. Der noch sehr rüstige Nachbar ließ es sich selbstverständlich nicht nehmen, Lotte an einem der nächsten Tage zum Gartencenter zu fahren, ihr beim Aussuchen des Bepflanzungsmaterials und bei dessen Transport zur Grabstelle behilflich zu sein, und er wich erst von ihrer Seite, nachdem sie ihm das Versprechen gegeben hatte, wieder seine Hilfe in Anspruch zu nehmen, sobald sie in irgendwelchen Schwierigkeiten sei.

Es ergaben sich im Laufe der nächsten Wochen immer wieder Situationen, in denen Lotte drauf und dran war, ihren Nachbarn Peter Büllesbach um Hilfe zu bitten. Sie zögerte jedoch jedes Mal, weil sie es unschicklich fand, als frischgebackene Witwe sich an einen Mann ihres Alters wegen Unterstützung zu wenden. So kämpfte sie sich durch die Hindernisse des Alltags hindurch, manchmal mehr schlecht als recht, und wünschte sich dabei Max als Stütze und Ratgeber zurück. Aber je mehr Zeit seit dessen Tod verstrich, um so unsicherer wurde sie in ihrer Haltung und Enthaltung gegenüber allem männlichen Beistand.

Eines Tages – sie war gerade im Garten damit beschäftigt, Blattläuse an den Rhododendren zu bekämpfen – hörte sie aus der geöffneten Tür zum Kellerabgang ein Geräusch, das wie Wassergeplätscher klang. Hatte sie etwa dort unten einen Wasserhahn abzudrehen vergessen? Lotte konnte sich nicht daran erinnern, im Keller Wasser gezapft zu haben. Beunruhigt von dem seltsamen Geräusch eilte sie die Stufen vom Garten zum Keller abwärts – und trat beim letzten Schritt in eine große Wasserlache. Vom Kran an der Wand ergoss sich ein Strahl mitten in den Kellergang und verteilte dort große Spritzer nach allen Seiten. Lotte überkam ob dieser mittleren Katastrophe ein Schreikrampf. Sie watete in einer Riesenpfütze bis zum Gefahrenherd, um den Kran zu schließen. Aber sie musste feststellen, dass gar nicht dieser selbst die Ursache für das Desaster war, sondern eine Rohrverschraubung über ihm, die sich offenbar gelockert hatte und nun das kühle Nass mit kräftigem Druck in den Keller schießen ließ.

Lotte erinnerte sich, in Maxens Handbuch für Notfälle etwas von einem Haupthahn gelesen zu haben.

Aber wo befand sich der? Eiligst wollte sie sich nach oben begeben, um in dem hilfreichen Buch nach Instruktionen zu suchen, als sie vom Garten her Schritte vernahm, die sich in den Keller hinabbewegten. Eine Männersilhouette wurde sichtbar, und sie erkannte im Türrahmen ihren Nachbarn Peter Büllesbach. Dieser hatte, als Lottes infernalisches Geschrei aus dem häuslichen Orkus an seine Ohren gedrungen war, in seinem Garten alles stehen und liegen gelassen, um nach den Ursachen solcher beängstigenden Laute zu forschen. Nun sah er seine Nachbarin verzweifelt im knöcheltiefen Wasser stehen und begriff schnell, dass hier schnelles Handeln vonnöten war. Gezielt begab er sich zu der Ecke, in der er den Haupthahn vermutete, und er hatte Glück. Ein paar kräftige Drehbewegungen – schon ging dem Wasserstrahl die Kraft aus, sodass er in sich zusammenbrach und nach einigen letzten Zuckungen gänzlich zum Erliegen kam.

Lotte fiel ein Stein vom Herzen, als Peter Büllesbach so schnell dem unerwünschten Wassereinbruch ein Ende bereitet hatte. Sie wäre dem Retter in der Not beinahe aus Dankbarkeit um den Hals gefallen. Aber das ging natürlich nicht und hätte bei jenem vielleicht zu Irritationen geführt. Also bedankte sie sich mit freundlichen Worten bei ihrem Helfer und ließ dabei einfließen, sie hoffe sehr, sich bei passender Gelegenheit revanchieren zu können. So lange aber wollte der unternehmungslustige Nachbar und Witwer nicht warten. Er fürchtete, es werde sich wohl kaum in absehbarer Zeit eine Notsituation ergeben, in der die mit zwei linken Händen ausgestattete Lotte ihm würde zur Seite stehen können. Also schlug er vor, sie solle ihm die Freude machen, ihn am bevorstehenden Samstag auf einer Autofahrt zur Aggertalsperre zu begleiten. Er kenne dort ein schönes Café mit einem herrlichen Blick weit in die Landschaft hinein. Ohnehin, so fügte er hinzu, habe er das Gefühl, sie, Lotte, vergrabe sich seit dem Tode ihres Mannes zu sehr in ihrem Hause, und das könne ihr nur schaden.

Was tun? Lotte schluckte einige Male, ehe sie sich zu einer Antwort bereitfand. Ging der hilfreiche Nachbar nicht zu weit, sie zu einem gemeinsamen Unternehmen einzuladen, obwohl sie sich doch immer noch im Trauerjahr befand? Würden sich andere Nachbarn nicht die Mäuler über sie zerreißen, wenn herauskäme, dass sie knapp zehn Monate nach dem Tod ihres Mannes mit einem anderen ausgegangen sei? Lotte war hin- und hergerissen. Einerseits wogen die Bedenken schon schwer, andererseits aber war sie ihrem Nachbarn doch einen Gefallen für seine schnelle Katastrophenhilfe schuldig. Den Ausschlag bei ihrer Entscheidung gab schließlich Peter Büllesbach selbst, indem er andeutete, er könne ihr Zögern verstehen, verspreche ihr aber, dass ihr Ausflug sozusagen inkognito erfolgen werde. Weder von der Abfahrt noch von der Rückkehr würde jemand in Obereschbach etwas mitbekommen, und die Aggertalsperre sei so weit entfernt, dass es schon mit dem Teufel zugehen müsste, wenn sie dort einem Obereschbacher begegnen würden …

Am Tag des vereinbarten Ausflugs fuhr Peter

Büllesbach seinen Mercedes so an die hintere Gartenpforte des Lückhausenschen Grundstücks, dass keine »Feindeinsicht« bei Lottes Einstieg in den Wagen bestand. Auf Nebenstraßen ging es dann zunächst aus dem Weichbild Obereschbachs fort bis ins Aggertal und dann durch den Wald aufwärts.

Am Zielort herrschte wenig Betrieb, die Sonne schien, die Landschaft präsentierte sich in frühherbstlichen Pastellfarben, und so wurde der Nachmittag für Lotte zu einem angenehmen Erlebnis, zumal sich Peter Büllesbach als unterhaltsamer Plauderer erwies, ein Zug, den sie bisher noch nicht an ihm kennengelernt hatte, obwohl sie doch seit vielen Jahren Nachbarn waren.

Am Abend, als der freundliche Begleiter sie wieder an der hinteren Gartenpforte abgesetzt hatte, fühlte sich Lotte erleichtert, dass offenbar keiner aus dem Bekanntenkreis ihre Witweneskapade bemerkt hatte. Ein schlechtes Gewissen hatte sie aber nicht. War sie sich doch ziemlich sicher, dass Max ihr diesen Ausflug an der Seite des umgänglichen Nachbarn durchaus gegönnt hätte.

Als Peter Büllesbach nach zwei Wochen erneut ein Angebot zu einem Ausflug machte – diesmal sollte es in das Siebengebirge gehen –, zierte Lotte sich nicht lange und akzeptierte den Vorschlag sichtlich erfreut. Wieder unterlag die Abfahrt am Samstagnachmittag gewissen Geheimhaltungsregeln. Lotte äugte kurz nach rechts und links in der Furcht, neugierige Nachbarn würden sie beim Einstieg in den Mercedes beobachten. Aber als sie an der Seite ihres Kavaliers in dem bequemen Wagen auf der Autobahn gen Süden rollte, fand sie es wie in früheren Zeiten höchst angenehm, durch das Land chauffiert zu werden, ohne sich selbst anstrengen zu müssen. Peter Büllesbach entfaltete im Laufe ihres Beisammenseins immer mehr Charme, und da auch diesmal das Wetter mitspielte und Kaffee sowie Kuchen geschmeckt hatten, ordnete Lotte bereits bei der Rückfahrt diesen Tag der positiven Seite ihrer Monatsbilanz zu.

Aber es kam noch besser. Als der Nachbar mit ihr an der hinteren Gartenpforte angekommen war, löste er sich behände vom Fahrersitz, umkurvte flink wie ein Mittzwanziger den Kühler und half ihr beim Aussteigen, indem er ihr unter den Arm griff. Lotte registrierte außerdem, dass er ihre Hand beim Abschied länger als üblich in der seinen hielt, und wäre es nicht schon um jene Jahreszeit dunkel gewesen, hätte er sehen können, dass Lotte dabei bis in die Haarwurzeln hinein errötete. Milde lächelnd löste sie sich aus dieser maskulinen Anhänglichkeit, bedankte sich artig für den schönen Ausflug, eilte durch den Garten ihrem Haus zu und murmelte dabei: »Lotte, du benimmst dich auf deine alten Tage wie ein alberner Backfisch!«

Danach gab es drei- oder viermal gemeinsame Unternehmungen im Auto zum Waldfriedhof, wo jeder einige Zeit an der zu ihm gehörigen Grabstelle wirkte, um sich dann wieder am Friedhofstor zur Rückfahrt zu treffen. Natürlich blieben diese gemeinsamen »Arbeitsfahrten« der Witwe Lotte Lückhausen und des Witwers Peter Büllesbach nicht den

Nachbarn verborgen, und so ging bald das Gerücht in der Straße um, die beiden hätten sich offensichtlich zu einer »Friedhofs-Pickhäckchen-GmbH« zusammengetan.

Eines Abends aber machte die Haushälterin des Prälaten, als sie bei spärlichem Laternenschein vom Besuch einer Bekannten durch die Waldmeisenstraße zur Pfarrwohnung zurückstrebte, eine Entdeckung, die ihr fast den Atem raubte. Ein Schatten huschte vom büllesbachschen Haus um die Gartenecke der Lückhausens und verschwand dort im Dunkeln. Fräulein Anna Schmitz war sich sicher, dass es sich dabei nur um Peter Büllesbach gehandelt haben könne, denn trotz der schlechten Sichtverhältnisse meinte sie, dessen länglichen Kopf mit dem spärlichen Haarkranz erkannt zu haben.

Prälat Vianden saß gerade in seinem Ohrensessel und trank genüsslich ein Glas Rotwein, als seine Haushälterin ins Zimmer trat. Er sah ihr sofort an, dass sie ihm etwas Wichtiges mitteilen wollte, denn sie hatte sich noch nicht einmal die Zeit genommen, sich in der Garderobe ihres Mantels zu entledigen. Also forderte er sie auf, ihm zu sagen, was sie auf dem Herzen habe. Und so erfuhr er als Erster von der »unerhörten Begebenheit« in der Waldmeisenstraße.

Während das aufgeregte Fräulein Anna Schmitz sich in der Schilderung ihrer Beobachtung mehrmals wiederholte, lächelte der Geistliche still vor sich hin. Als die Haushälterin sich schließlich genügend mitgeteilt hatte, ergriff er ihre Hand, tätschelte sie leicht und sagte schmunzelnd: »Ach Anna, der Peter Büllesbach wird wohl nur zum Witwentraining zu Lotte Lückhausen geeilt sein. Aber abgesehen davon: Die beiden sind ja auch nur Menschen …!«

Der Rosenkavalier

Der Juni ging erst seinem Ende entgegen, und trotzdem hatte die Sommerhitze Mittel- und Süditalien schon fest im Griff. Selbst auf den Inseln vor und bei Neapel, auf denen gewöhnlich um diese Jahreszeit fast täglich eine frische Brise vom Meer her für leichte Kühlung sorgt, schien sich diesmal nichts dergleichen zu tun. Die Luft stand in der Gluthitze flimmernd über den Weingärten, und so erstarb um die Mittagszeit alles Leben.

Auch auf der Insel Ischia war das jetzt nicht anders. Selbst in jenen kleinen Orten, die auch noch mittags im Schatten des mächtigen Epomeo-Kegels lagen, hielt man ab zwölf Uhr seine Siesta oder gab sich – mehr oder weniger unfreiwillig – zumindest dem Dolcefarniente hin, geschützt vor der Bruthitze in den durch die geschlossenen Fensterläden abgedunkelten Räumen.

Umso mehr entfaltete sich am frühen Morgen und nach Sonnenuntergang die Regsamkeit aller Kreatur. Mensch und Tier machte sich dann den Vorteil der Abkühlung am Morgen und am Abend zunutze. Hunde und Katzen strichen durch Felder und Straßen, Eidechsen kletterten über die warmen Platten der Bruchsteinmauern, und die Menschen gingen ihren gewohnten Tätigkeiten nach und füllten vor allem am Abend die Tische vor den Restaurants, Eiscafés und Bars an den Küstenpromenaden.

Wir hatten uns unseren Sommeraufenthalt auf Ischia anders vorgestellt. Da wir meistens im Juni hier zu sein pflegten, erwarteten wir angenehme Temperaturen und keineswegs Hitze. Also mussten wir wohl oder übel unseren in Bella Italia gewohnten Tagesrhythmus umstellen und unsere Aktivitäten auf den Morgen, allenfalls noch Vormittag, und auf den Abend verlegen.

Schon das sechste oder siebente Mal waren wir Gäste des Hotels Michelangelo oberhalb von Lacco Ameno. Als Ausländer hatten wir uns sozusagen in der Zimmerrangfolge hochzudienen. Musste man sich anfangs mit einem kleinen Balkon und einem eher bescheidenen als großzügigen Blick aufs Meer zufriedengeben, erhielt man Jahr um Jahr später immer besser gelegene Zimmer als Urlaubsquartiere zugewiesen.

Natürlich spielte bei solch einem Aufstieg in der Gästehierarchie die Art und Weise, wie man sich dem Personal gegenüber verhielt, und die Höhe des Trinkgeldes eine Rolle. Ein paar Lire mehr als Abschiedsgabe für die Angestellten der Hotelrezeption wurden dankbar registriert und garantierten eine Steigerung in der Beachtung beim nächsten Aufenthalt.

Diesmal hatte es die Zimmerzuweisung besonders gut mit uns gemeint. Im zweiten Stock des Mitteltraktes bewohnten wir für die Dauer unseres Aufenthalts ein im neapolitanischen Stil eingerichtetes Doppelzimmer mit kunstvollen italienischen Kacheln im Bad und auf den Fußböden, und der Blick vom Balkon hätte nicht schöner sein können. Man überschaute einen großen Küstenbogen des Golfs von Neapel, und hinter einer sich absenkenden Bergflanke des Epomeo konnte man im Morgenlicht sogar den Vesuv erspähen. Natürlich genossen wir diesen Blick besonders in der Frühe und auch am Abend, wenn die Sonne westwärts ins Meer tauchte und in der schnell hereinbrechenden Dunkelheit am Küstensaum nördlich von Neapel sich Lichterketten an Lichterketten wie Festbeleuchtungen unzähliger Kreuzfahrtschiffe reihten.

Da wir Ischia von zahlreichen Ausflügen her kannten, fiel es uns nicht schwer, während des Tages auf Fahrten ins Inselinnere und zu den anderen Küstenorten zu verzichten. Wir gaben uns ganz dem Leben von Menschen hin, die sich erholen, nur faulenzen wollten. Ein bis zweimal am Tag stiegen wir in den mit angenehm temperiertem Thermalwasser gefüllten Pool, lasen beim langsamen Schwimmen am Rande entlang die Überschriften der Zeitungen, welche andere Gäste in den Liegestühlen vor sich hielten, waren damit einigermaßen über die Weltlage informiert und sparten uns so den Gang zum Zeitungskiosk. Wir mieden alle schweißtreibenden Fangopackungen, zogen uns mittags zur Siesta in unser kühles Zimmer zurück, wo etwas Obst als Mittagsbeköstigung auf uns wartete, und hatten eigentlich nur beim Frühstück unter Pinien auf der Terrasse vor dem Speisesaal und beim Abendessen in der Sala da pranzo mit anderen Gästen näheren Kontakt.

Unter diesen Bedingungen wäre unser Aufenthalt ziemlich undramatisch und ohne jede Aufregung verlaufen, hätte es nicht ungefähr in der Mitte unseres Urlaubs einen Zwischenfall gegeben, der höchst sonderbar war. Ich öffnete gewöhnlich in der Frühe, sobald ich erwachte, die Tür zu unserem Balkon, um die taufrische Luft ins Zimmer strömen zu lassen und zugleich einen ersten Blick auf das wunderschöne Panorama zu werfen. Meine Frau schlummerte dann meistens noch fest in Morpheus' Armen und ließ sich nicht durch die Türgeräusche und das hereinbrechende Licht stören.

An jenem Morgen, den ich zu beschreiben mich anschicke, sah ich, sobald ich auf den Balkon hinaustrat, vor meinen Füßen eine langstielige rote Rose liegen. Wie war die dort hingekommen? Unser »Blumenschmuck« im Zimmer bestand aus pastellfarbenen Porzellanblüten, wie man sie allenthalben in jener Region produziert und als unverwelkbare Sträuße in Fluren und Räumen aufzustellen pflegt. Nun hielt ich hier eine echte, intensiv duftende Rose mit frisch-grünen Blättern an ihrem langen Stängel in der Hand! Wer mochte uns ein solches Geschenk gemacht haben, für wen war sie gedacht?

Mir fiel ein, dass ich als Mann wohl kaum mit einer Rose bedacht werden würde. Also musste meine Frau die Adressatin dieser eigenartigen Sendung sein. Hatte sie unter den Gästen einen heimlichen Verehrer, der ihr auf diese – zugegebenermaßen ungewöhnliche – Weise eine nette »Aufmerksamkeit« zukommen lassen wollte?

Wie der Rosenkavalier in der Oper, allerdings nicht im Festgewand, sondern im Pyjama, schritt ich, die schöne Blume zwischen Daumen und Zeigefinger haltend, ins Zimmer zurück und postierte mich vor meine Frau, die gerade aus dem Schlaf in die Helligkeit des Wachseins hinüberzugleiten begann. Sie blinzelte mich durch ihre halb geöffneten Augen an, setzte sich dann ruckartig im Bett auf und fragte erstaunt, welchen besonderen Tag wir zu feiern hätten. Ihr Geburtstag lag Monate zurück, und unser Hochzeitstag jährte sich zwar zum vierzigsten Male, aber erst in einigen Wochen. Also stand auch sie vor einem Rätsel. Ich berichtete ihr, auf welch wundersame Weise die Rose in unseren Besitz gelangte. Aber damit war noch wenig geklärt. Wir überlegten gemeinsam hin und her, was die Ursache für diese Zuwendung gewesen sein konnte und wer sich möglicherweise bei uns damit bedanken wollte. Es fiel uns weder ein Grund noch eine Person ein, und so blieb uns nichts anderes übrig, als unsere auf dem Flur werkelnde Cameriera um eine Vase zu bitten, damit das schöne Rosenexemplar nicht ohne Wasser schmachten musste.

Beim Frühstück überlegten wir, ob vielleicht von den Balkonen rechts oder links von dem unsrigen die Blume herübergelangt sein konnte. Die Abstände waren nicht groß, und es hätte nur eines kleinen Schwunges bedurft, einen Gegenstand von dem einen zum anderen zu befördern. Aber warum sollten unsere Nachbarn zur Rechten wie zur Linken uns eine Rose schenken wollen? Das Zimmer links von uns, das wussten wir, hatte ein österreichisches Ehepaar bezogen, einige Jahre jünger als wir, und im

Zimmer zu unserer Rechten wohnte deren Tochter, ein wohlerzogener Teenager, durchaus ansehnlich, vielleicht Abiturientin oder auch schon Studentin im ersten Semester. Keiner von denen hätte Veranlassung gehabt, uns Blumen zu schenken. Gewiss, man plauderte hin und wieder miteinander, tauschte artig Komplimente aus, aber deshalb eine Rose auf den Nachbarbalkon zu legen, das hätte das Maß der Freundlichkeit bei Weitem überschritten.

Ich ging die Reihe der Herren durch, die vielleicht als Rosenkavaliere für meine Frau in Frage gekommen wären. Im Badeanzug und auch sonst machte sie trotz ihres fortgeschrittenen Alters eine gute Figur, und einmal hatte man sie sogar beklatscht, als sie bei einem Tanzabend auf der Hotelterrasse bei einem Cha-Cha-Cha eine besonders flotte Sohle auf das Parkett – oder besser gesagt: auf die Marmorplatten – zu legen verstand.

Da gab es den italienischen Ingenieur aus Mailand, einen Endsechziger mit grauen Schläfen und gepflegtem Äußeren, immer ein weißes Taschentuch in der oberen Jackentasche tragend. Aber er war sehr fixiert auf eine Buchhändlerin aus dem Ruhrgebiet, die recht gut Italienisch sprach. Die beiden bildeten schon seit Jahren für zwei oder drei Wochen während der Urlaubszeit in unserem Hotel ein Paar, wenn auch eher auf platonischer als auf physischer Basis. Sie nahmen die Mahlzeiten gemeinsam ein, begaben sich zusammen auf Ausflüge und tanzten hin und wieder miteinander. Manchmal saßen sie auch spät am Abend bei einem Glas Sekt in einer der Hollywoodschaukeln auf der Terrasse und plauderten in trauter Zweisamkeit, aber dann begab sich jeder, so sah es zumindest aus, zur Nachtruhe in sein eigenes Zimmer. Es hieß, der Ingegnere sei eine Art Pascha, wenn es um irgendwelche Entscheidungen gehe, und dulde keinen Widerspruch. Die Buchhändlerin setze aber manchmal doch ihren eigenen Kopf durch, was dann zu Verstimmungen zwischen den beiden führe, jedoch andererseits auch wieder Anlass zur Versöhnung bei einem Glas Sekt am Abend sein könne. Nein, bei aller Eigenwilligkeit der jüngeren Partnerin: Die Entfremdung zwischen den beiden ging nie so weit, dass der agile Signore sich einer anderen Dame im Hotel mit einer Rose zugewandt hätte!

Wen gab es weiter an männlichen Hotelgästen? Mehrere ältere Herren bildeten zusammen mit dazugehörigen Damen einen Kreis, der sich kaum anderen Gästen gegenüber öffnete. Der Sprache nach waren sie Leute aus dem Tessin, denn sie wechselten mühelos vom Schwyzerdütsch ins Italienische und umgekehrt. Abends hockten die Männer zusammen über einem Kartenspiel, vermutlich Canasta, während die Damen am Nebentisch munter schwatzten. Auch aus diesem Kreis kam eigentlich kein Herr für die Rosengabe in Betracht, und schon gar nicht zwei junge Italiener, rassig aussehend und offenbar gut betucht, denn sie sparten nicht mit der Bestellung teurer Getränke an der Bar, von wo aus sie Kontakt zu jüngeren Damen unter den Gästen, darunter auch unsere Balkonnachbarin, aufzunehmen und wie wahre Amanti zu flirten versuchten. Sie waren aber gänzlich auf »junges Blut« aus und als Kavaliere für ältere Damen völlig ungeeignet.

Aber vielleicht verbarg sich der spendierfreudige Verehrer hinter der Maske eines harmlosen, wenn auch nicht ungalanten deutschen Junggesellen, der auf den gar nicht so seltenen Namen Schmitz hörte, von Beruf Bezirksvertreter einer renommierten Autofirma war und trotz seines fortgeschrittenen Alters und seiner ergrauten Haare immer noch attraktiv auf Frauen wirkte, zumal er gern Komplimente an die Damenwelt verteilte.

Selbst in der Badehose machte er noch eine »bella figura«, besonders dann, wenn er aus dem Pool stieg, dabei seinen zur Wölbung neigenden Bauch einzog, gleichzeitig durch Zurückziehen der Oberarme seine leicht behaarte, muskulöse Brust hervortreten ließ und in federndem Lauf zur Duschkabine eilte. Sein ständiger Begleiter war ein Kurzhaardackel namens Balduin, den er abgöttisch zu lieben schien. Zwar durfte jener ihn nicht in den Speiseraum begleiten und verbrachte, vermutlich gut versorgt mit allerlei Leckereien, die Wartezeit bis zu Herrchens Rückkehr im Hotelzimmer, aber ansonsten waren die beiden unzertrennlich. Beim Treppensteigen nahm Herr Schmitz seinen Liebling auf den Arm und transportierte ihn so über die verschiedenen Hotelebenen, ohne dass der zu gut gefütterte Dackel ins Schnaufen geriet. Am Morgen und gegen Abend gab es den obligatorischen Spaziergang von Herrn und Hund im Weinberggelände hinter dem Hotel, und auch im Badegelände war Balduin mit von der Partie. Interessiert verfolgte er vom Liegestuhl auf dem abgegrenzten »Hundeteil« der hoteleigenen Wiese aus die Badeprozedur seines Herrn und eilte ihm schwanzwedelnd entgegen, sobald jener vom Pool zurückkehrte.

Natürlich war der Hund Gegenstand vieler Gespräche mit anderen Gästen, besonders solchen, die auch einen Vierbeiner mitgebracht hatten. Dabei beklagte sich Herr Schmitz wiederholt über die seiner Meinung nach überhöhten Kosten für die Einquartierung seines Mitbringsels. Hinter vorgehaltener Hand mokierte er sich darüber, dass andere Hundebesitzer, neben deren Riesenkötern sich sein Balduin wie ein Zwerg ausnahm, nicht mehr zu zahlen hatten als er. Seiner Meinung nach wäre es gerecht, die Kosten für Vierbeiner im Hotel nach deren Gewicht zu berechnen. Schließlich machten große Hunde viel mehr Dreck, fräßen mehr und verbreiteten vor allen Dingen unangenehmere »Düfte« als sein kleiner Balduin.

Man hätte Herrn Schmitz zutrauen können, seinem Liebling am Morgen eine rote Rose vor den Schlafkorb zu legen. Aber einer fremden Dame mit solcher Aufmerksamkeit zu begegnen, das lag doch wohl außerhalb seiner Opferbereitschaft und hätte möglicherweise Balduins Eifersucht heraufbeschworen. Also strich ich Herrn Schmitz in Gedanken von der Liste potenzieller Verehrer.

Und das Hotelpersonal? An der Spitze der Kellnerschaft stand der Primo Cameriere, ein beleibter älterer Herr, den wir spaßeshalber mit Commendatore anredeten, was er sich gern gefallen ließ. Konzentriert wachte er über die Abläufe im Speisesaal, nahm die Menüauswahl der Gäste entgegen, dirigierte Hilfskräfte zu Stellen, wo sich Engpässe beim Speisennachschub einzustellen drohten, und griff auch schon mal selbst helfend ein, wenn dennoch Hände fehlten. Stolz berichtete er, wenn man ihn auf seine Familie ansprach, von den beruflichen Erfolgen seiner drei Söhne und lobte die Qualitäten seiner Frau Anna als Hausfrau und Mutter über den grünen Klee. Als Liebhaber einer anderen Frau hätte er sich selbst zum Gespött gemacht. Nein, Rosen fremden Damen zu schenken, das hätte nicht zu seinem Lebensstil gepasst.

Blieben da noch die anderen Kellner, in diesem Falle besonders unser Tischbetreuer Luigi. Auch er kam nicht infrage. Erstens wäre er als Galan einer Sechzigjährigen viel zu jung gewesen, und zweitens war unübersehbar, dass er bei Lucia, einer Donna di servizio des Hotels, in festen Händen war.

Meine Suche nach möglichen Rosenkavalieren blieb also erfolglos. Wir waren eigentlich bereit, die Angelegenheit als ungelöstes Urlaubsrätsel auf sich beruhen zu lassen, als die Sache am nächsten und auch übernächsten Morgen eine Fortsetzung fand. Jedes Mal, wenn ich in der Frühe die Balkontür öffnete, lag eine langstielige rote Rose zu meinen Füßen. Meine Frau brach in Entzücken aus, sobald ich ihr die Morgengabe ans Bett brachte, und meinte, wenn das so weitergehe, werde sich unsere Rosenvase in einigen Tagen mit einem wunderbaren Strauß gefüllt haben. Mir aber wurde die Sache allmählich unheimlich. Wer, zum Teufel, steckte dahinter? Und wie gelangte das Präsent auf unseren Balkon, wenn schon nicht von den Seiten her? Zwar hätte man eine langstielige Rose von der Terrasse zum zweiten Stock hochschleudern können, aber dazu müsste man ein höchst geschickter Werfer sein, denn die Gefahr war groß, dass das blumige Gebilde sich irgendwo unterwegs in den Ästen der an den Hauswänden rankenden Bougainvilleen verfing und nicht ans gewünschte Ziel gelangte.

Als ich mir die Frage des Weges noch einmal durch den Kopf gehen ließ, kam ich zu dem Ergebnis, dass es nur eine Möglichkeit gab, eine Rose treffsicher auf einem Balkon der zweiten Etage zu platzieren, nämlich vom Flachdach her, das sich unmittelbar über den Zimmern unseres Stockwerkes befand. Gab es eine Möglichkeit, dort hinaufzugelangen? Ich musste diese Frage klären.

Nach dem Frühstück begab ich mich in den hinter unserem Hoteltrakt gelegenen Hof und sah mir die rückwärtige Fassade an. Tatsächlich! Es gab dort eine Feuerleiter, die wohl auch dem Schornsteinfeger für den Aufstieg zum Dach bei Inspektionen diente. Der untere Teil dieser Leiter war zwar hochgeklappt, damit nicht Kinder und andere unbefugterweise dort emporkletterten, aber wenn man groß genug und einigermaßen sportlich war, konnte man vermutlich dennoch ohne allzu großen Aufwand auf die Leiter gelangen.

Also beschloss ich, mich am späten Abend auf die Lauer zu legen, um so dem Geheimnis auf die Spur zu kommen. Meiner Frau erzählte ich nichts von meiner Entdeckung und meinem Plan. Als die Lichter kurz vor Mitternacht im Hotel zu verlöschen begannen und allenthalben auf den Fluren und in den Zimmern Stille einkehrte, schlich ich mich unter dem Vorwand, noch nicht schlafen zu können und deshalb etwas frische Luft schnappen zu wollen, leise aus unserem Zimmer und begab mich vorsichtig hinter den Hoteltrakt. Der dunkle Gang zur Hotelwäscherei bot mir einen vorzüglichen Beobachtungspunkt. Ich machte es mir auf einem Stapel Gartenstuhlkissen bequem, gefasst darauf, hier lange sitzen zu müssen.

Aber ich brauchte mich höchstens eine Viertelstunde zu gedulden, da tat sich schon etwas. Leise öffnete sich die Hoteltür zum Hof, eine schlanke Gestalt huschte an der Hauswand entlang, und in der Hand trug sie eine langstielige Rose. An der Leiter angekommen, nahm das Phantom den Rosenstängel in den Mund, machte einen Satz nach oben, und schon war die unterste Sprosse der Leiter erreicht. Jetzt sah ich es deutlich: Es war ein junger Mann, der sich da Sprosse um Sprosse aufwärtsbewegte, die Rose fest zwischen den Zähnen haltend. Als die Dachkante erreicht war, schwang sich der Kletterer auf die Plattform und verschwand dort aus meinem Blickfeld. Aber ich war sicher, dass er in Kürze ohne Rose vom Dach zurückkehren würde.

Und in der Tat: Bald schoben sich zwei Beine über die Kante, tasteten nach der obersten Sprosse der Leiter, und gleich darauf kletterte der jetzt rosenlose Kavalier behände abwärts. Ich löste mich aus meinem dunklen Versteck und eilte zu der Stelle, an der jener auf den Boden gelangen musste. Der Kletterer sprang mit einem großen Satz nach unten, federte kurz ab und wollte sich leise davonmachen. Aber ich hinderte ihn daran, indem ich mich ihm in den Weg stellte. Verdutzt blickte er mir ins Gesicht, und ich erkannte, dass es sich um einen der beiden jungen Italiener handelte, die am Abend die Bar zu frequentieren pflegten.

»Perbacco, cosa succede?«, wollte er wissen und damit zum Ausdruck bringen, dass er sich über mein Auftauchen wunderte.

Ich erklärte ihm, so weit mein Italienisch dazu reichte, dass meine Frau sich über die Rosen freue, die er ihr nun zum vierten Mal auf unseren Balkon gelegt habe. Aber ich, ihr Ehemann, möchte doch zu gerne wissen, womit sie diese Gunst verdient habe.

Der junge Mann sah mich entgeistert an. »Rose per sua moglie?« – Rosen für Ihre Frau?, fragte er ungläubig.

Und dann kam es heraus: Die Blumen waren für unsere blutjunge Nachbarin bestimmt. Offenbar hatte er vom Dach aus sich im Balkon geirrt, und so waren alle seine bisherigen Liebesbemühungen vergeblich gewesen. Der arme Kerl tat mir wirklich leid. Als er immer noch ziemlich zerknirscht vor mir stand und keinen Rat wusste, klopfte ich ihm aufmunternd auf die Schulter. »Corragio! Wir werden die Sache schon irgendwie ins Lot bringen«, versprach ich ihm, und ich sah in seinem Gesicht das Aufleuchten eines Hoffnungsschimmers.

Als ich meiner Frau noch in der Nacht des Rätsels Lösung verriet, konnte sie vor Lachen kaum an sich halten.

Am nächsten Morgen nahmen wir die vier langstieligen Rosen hinab zur Frühstücksterrasse. Wir hatten Glück. Die junge Dame saß bereits am Tisch ihrer Familie, aber ihre Eltern waren noch nicht nach unten gekommen. Meine Frau ging zu ihr hinüber und legte ihr die Blumen mit dem Hinweis auf die Tischplatte, diese schönen Rosen seien für sie bestimmt. Sie, die Zimmernachbarin, spiele hier nur den Postillon d'Amour – mehr wolle und dürfe sie nicht sagen. Aber wenn sie abends zur Bar gehe, werde ihr sicher klar werden, wer ihr diese schöne Aufmerksamkeit zuteil werden lassen wolle …

So kamen die langstieligen Rosen doch noch in die richtigen Hände – und der junge Kavalier wurde auch nicht enttäuscht. Schon am übernächsten Abend sahen wir die beiden in trauter Zweisamkeit in einer Hollywoodschaukel auf der Hotelterrasse sitzen, sich »am Händchen« haltend und in den Anblick unzähliger Lichtpunkte am Küstensaum des Golfs von Neapel versunken.

Möglicherweise war das für die zwei nur eine Episode. Vielleicht aber knüpften die Rosen, die zunächst ihr Ziel verfehlten, am Ende doch noch ein festes Band zwischen den beiden.

Viva la Musica

Die Sonne war rot hinter den klösterlichen Gebäuden und Mauerresten der fränkisch-byzantinischen Stadt Mistra versunken, und kurz darauf breitete die Dunkelheit ihren Schleier über das hüglige Land an der Südspitze der Peloponnes. Der Bus, mit dem unsere Reisegruppe von der Exkursion nach Sparta zurückkehrte, hatte dennoch keine Mühe, die schmale, kurvige Landstraße in flotter Fahrt hinter sich zu bringen und ebenso schnell die wie mit dem Lineal angelegten Stadtviertel bis zu unserem Hotel zu durchmessen. Rechtzeitig konnten wir uns zum Abendessen in den Speiseraum begeben und das genießen, was die griechische Küche uns auf die Tische gezaubert hatte.

Nach der Abendmahlzeit war es noch nicht spät genug, sich ins Bett zu begeben. Also entschlossen sich einige Reiseteilnehmer, einen Bummel durch die einstige Metropole des vergangenen antiken Reiches zu machen. Ich schloss mich ihnen gern an, denn auch ich hatte Lust, mir noch ein wenig die Beine zu vertreten. In den Straßen regte sich wenig Leben. Nur selten fuhr zu dieser Stunde ein Auto die geraden Straßen entlang, und auch einheimischen Passanten begegneten wir nur hin und wieder. Fast hätte man den Eindruck haben können, diese Stadt wäre dabei, ihren Lebensrhythmus auszuhauchen.

Die Stille wirkte unheimlich, und wir waren schon drauf und dran, in unser Hotel zurückzukehren, als plötzlich aus der Tiefe eines Kellers Gesang an unsere Ohren drang. Wir blieben stehen und lauschten. Es waren wohlklingende Männerstimmen, die an dieser Stelle der Straße von unten her vernehmbar waren. Wir beschlossen, der Quelle dieses Gesanges nachzugehen. Von der Straße her führte eine Steintreppe in den Keller jenes Gebäudes, vor dem wir standen, und an der Seite sahen wir ein Schild, das auf eine Gaststätte im Souterrain hindeutete. Wir stiegen die Treppe abwärts und gelangten in einen größeren Raum, in dessen Mitte ein Herd stand, an dem eine zur Fülle neigende Frau mit einer Kelle in einem mächtigen Kessel rührte. Diese Feuer- und Kochstelle war umgeben von etlichen Tischen, und in einer Ecke dieser seltsamen Gaststube saß etwa ein Dutzend Männer, der Kleidung nach zu urteilen alles Griechen, eben die Sangesbrüder, deren Stimmen nach draußen gedrungen waren.

Wir nickten beim Eintreten der Frau und jener Sängergruppe zu und nahmen an einem längeren Tisch Platz in der Hoffnung, nicht als Störenfriede empfunden zu werden. Aber offensichtlich hatten die Griechen doch Hemmungen, sich weiter gesanglich zu betätigen. Sie sprachen leise und tranken hin und wieder aus ihren Ouzo-Gläsern einen Schluck.

Ein älterer Mann löste sich schließlich aus der Gruppe und kam zu uns herüber. Es war, wie sich schnell herausstellte, der Wirt des Kellerlokals, der unsere Bestellungen entgegennehmen wollte. Die Verständigung zwischen ihm und uns bereitete anfangs Schwierigkeiten, weil wir kein Griechisch konnten und er kein Englisch, geschweige denn

Deutsch verstand. Aber dann fanden wir heraus, dass über Italienisch eine Kommunikation möglich war. Also bestellten wir uns Getränke und baten ihn außerdem, seinen Sangesbrüdern mitzuteilen, wir hörten sie sehr gern singen und sie sollten doch noch weitere griechische Lieder vortragen. Unser Wunsch fand bei den Männern Gehör, und so stimmten sie weitere Lieder an, in der Hauptsache volkstümliche Weisen.

Nach jedem Lied spendeten wir lebhaften Beifall, und das setzte sich so noch eine Weile fort, bis der Wirt, der eifrig mitgesungen hatte, zu uns zurückkam. Wir vermuteten, er wolle weitere Getränkebestellungen aufnehmen, aber er hatte etwas anderes im Sinn. In seinem Italienisch übermittelte er uns den Wunsch des Gesangvereins, wir sollten doch einmal ein deutsches Lied singen.

Verdutzt sahen wir uns an. Wir waren keine Sängergruppe, sondern eine bunt gemischte Gesellschaft, wie sie sich zufällig bei Studienfahrten ergibt. Noch nie hatten wir während der bisherigen Reise gemeinsam gesungen, und nun sollten wir hier als ein Gesangverein tätig werden? Zum Glück hatte sich ein Mitreisender vor einigen Tagen als Gymnasiallehrer mit dem Fach Musik zu erkennen gegeben. Auf ihn lief nun die Verantwortung für unseren musikalischen Auftritt von selbst zu. Er überlegte kurz. Dann erklärte er, den Jäger aus Kurpfalz müsse jeder Deutsche kennen, und den sollten wir hier singen. Er summte kurz den Kammerton, gab das Zeichen zum Einsatz, und schon ritt in einem spartanischen Kellerlokal »der Jäger aus Kurpfalz … durch den grünen Wald … ganz wie es ihm gefällt!«

Die Griechen waren begeistert, und so mussten wir weitere Lieder folgen lassen. Wir sangen »Der Mai ist gekommen« und »Am Brunnen vor dem Tore« und was uns sonst noch an deutschem Sangesgut einfiel. Zwischendurch ließen wir aber immer die Griechen ein Lied aus ihrem Repertoire vortragen, sodass es eine Art Sängerwettstreit wurde, wobei die Griechen als geübtes Team, hätte es eine Beurteilung gegeben, mit vielen Punkten Vorsprung die Sieger gewesen wären.

Dann trat eine neue Situation ein, die wir nicht hatten vorhersehen können. Der Wirt schlug nämlich vor, wir und seine Griechen sollten einmal gemeinsam ein Lied singen. Wir waren perplex. Gab es denn ein Lied, das uns und ihnen gleichermaßen bekannt war? Wir konnten uns nicht erinnern, in der Schule oder sonst irgendwo ein griechisches Lied gelernt zu haben. Alle waren wir nicht mehr ganz jung, und auch die Griechen hatten wohl zum großen Teil ihr Berufsleben hinter sich, aber in all den Lebensjahren war es vermutlich nicht zwischen ihnen und uns zu musikalischen Berührungen gekommen. Wir wussten uns keinen Rat.

Aber der Wirt blieb beharrlich. Es gebe, so behauptete er, ein Lied, das sehr viele Menschen in Deutschland und Griechenland kennen müssten. Er konnte uns nicht den Text vorsprechen, aber er sang den Anfang des Liedes. Da ging uns ein Licht auf. Es war die Melodie, die Lale Andersen gesungen hatte: »Vor

der Kaserne, vor dem großen Tor ...« Hundertfach
war dieses Lied während des letzten Weltkriegs jeden
Abend vom Soldatensender Belgrad für die deutschen
Truppen ausgestrahlt worden, und oft hatten es die
Griechen damals gehört, als ein eingängiges Lied
empfunden und offenbar auch nachgesungen.

Wir sangen dieses Lied mit deutschem Text, die
Griechen in ihrer Sprache, aber alle sangen dieselbe
Melodie, und so knüpfte das Mädchen Lili Marleen,
das immer dann, »wenn sich die späten Nebel drehn«,
eng umschlungen mit ihrem Geliebten vor der Kaserne stand, an jenem Abend in Sparta ein musikalisches Band zwischen Griechen und Deutschen,
das allen Beteiligten sicher noch lange in Erinnerung
blieb.

Warten auf den Einsatz

Ein alter Freund, Frühpensionär und Junggeselle aus Überzeugung und Leidenschaft, hatte zum fünfundsechzigsten Geburtstag geladen. Er lebte in einem achtstöckigen Hochhaus nahe am Hansaring auf einer der oberen Etagen und somit dem gröbsten Autolärm enthoben, und wenn man sich vom Balkon seiner Wohnung weit genug vorbeugte und um die Ecke der Häuserwand blickte, konnten einem als besondere Attraktion sogar die Doppeltürme des Kölner Doms ins Blickfeld geraten.

Die kleine Wohnung bot nicht viel Platz, aber sie reichte aus, die wenigen geladenen Gäste – wir waren vier an der Zahl – bequem um den Couchtisch zu einem Glas Sekt und ein paar Appetithäppchen am späten Nachmittag zu versammeln. Bei munterem Geplaudere bereiteten wir uns auf den Höhepunkt des kleinen Festes vor, den Besuch in der Philharmonie mit einer Aufführung Bruckners »Achter«. Der Gastgeber hatte – sozusagen als Dank für die nach seiner Anweisung mitgebrachten Geschenke und wohl auch als besonderen Leckerbissen für sich selbst – sich für den Konzertbesuch entschieden, die Karten dafür schon Wochen vorher bei einer Konzertagentur bestellt und uns, die Gäste, durch mehrfache Anrufe in der dem Geburtstag vorausgehenden Zeit zur Genüge auf den besonderen Genuss vorbereitet. So war es kein Wunder, dass wir den kleinen Imbiss in seiner Wohnung und unsere Gespräche als gelungenen Auftakt zu einem Ereignis empfanden, das nun bald in seiner ganzen Fülle und Intensität über uns kommen sollte.

Wir brachen früher auf, als es nötig gewesen wäre. Einerseits hatte die angenehme Erwartung des Kunstgenusses uns wie ein Sog in ihren Bann geschlagen, der uns unruhig werden ließ, andererseits war es nicht sicher, dass man in der Nähe der Philharmonie einen Parkplatz finden würde, sodass es ratsam erschien, eine Viertelstunde für einen vielleicht notwendig werdenden Fußweg einzuplanen.

Wir hatten Glück. Ein dicker Mercedes räumte bei unserer Annäherung an die Kulturstätte einen Platz, auf dem unser Mittelklassewagen ohne Mühe hineinrangiert werden konnte. Der Fußweg war somit kurz, der Eintritt in das Haus und die Mantelabgabe an der Garderobe nahmen nur wenig Zeit in Anspruch, und so hatten wir genügend Muße, uns das Allerheiligste der Kölner Philharmonie, den großen, schalenförmig in die Erde gesenkten und von einer Kuppel überwölbten Konzertsaal, von unseren Plätzen aus zu betrachten, ehe sich der amphitheatralische Raum mit Besuchern gefüllt hatte.

Da Bruckners 8. Sinfonie, die zu erleben wir vorhatten, ein Mammutwerk ist und ein Großaufgebot an musizierendem Personal erfordert, war die Orchesterebene bis zum letzten Winkel mit Stühlen und Notenpulten für die Akteure bestückt. Die größeren Instrumente wie Harfen und Kontrabässe standen bereits auf ihren Plätzen, die anderen trugen die Musiker mit sich, als sie wie auf ein geheimes Kommando von rechts und links gleichzeitig aus den Zugangstüren hereinzuströmen begannen, um sich im Halbkreis um das Dirigentenpult herum niederzulassen. Es waren die Bamberger Symphoniker, ein renommiertes, in der Konzertwelt beliebtes Orchester, das diesmal unter der Leitung eines schwedischen Dirigenten Bruckners Hauptwerk zu Gehör bringen sollte.

Unser Gastgeber, das Geburtstagskind und zugleich unser Musikkenner, informierte uns noch rasch über die Bedeutung des Orchesters und die Meriten des Dirigenten und verteilte noch ein paar Hustenbonbons, um störenden Geräuschen während des Konzerts von unserer Seite her vorzubeugen. Ich zählte an die hundert Instrumentalisten, davon etwa ein Fünftel Frauen, die sich hauptsächlich bei den Streichern sowie Flöten-, Oboen- und Klarinettenspielern ausmachen ließen. Die drei Harfen – wie sollte das anders sein! – waren samt und sonders weiblichen Händen anvertraut.

Allmählich trat Ruhe in dem großen Rund ein. Als der Dirigent aus dem Dunkel eines Zugangs auftauchte, gab es höflichen Beifall, den der Maestro mit einer Verbeugung quittierte. Sofort hob er den Taktstock und kam zur Sache.

Die bayrischen Franken gaben nach Anweisung des Dirigenten ihr Bestes. Die Streicher eröffneten das Thema mit tiefen, raumgreifenden Tönen, und schon nach wenigen Takten liefen die Melodienströme gezielt auf den ersten Höhepunkt zu. Die Blechbläser legten sich mächtig ins Zeug, die Geiger gaben sich etwas zurückhaltender beim Adagio. Dann wieder zwischendurch große Klangfülle beim nächsten Höhepunkt, und bald darauf fast verspielte Heiterkeit beim Scherzo. So ging das weiter in munterem Wechsel.

Da ich nicht beim Hören von Musik die Augen zu schließen pflege, beobachtete ich während des Konzerts verschiedene Akteurgruppen: mal die Cellisten, mal die Holzbläser, mal die Kontrabassisten, manchmal auch einzelne Spieler, die durch auffallende Körperbewegungen den Tönen, welche sie erzeugten, besonderen Nachdruck zu verleihen schienen.

Das Kontrastprogramm zu diesen mit Verve agierenden Musikern lieferten zwei Herren in dunkler Gewandung, die steif auf ihren Stühlen an der Rückwand zwischen den Orchestereingängen saßen. Zum Ensemble gehörten sie vermutlich nicht, denn man sah keine Instrumente vor oder neben ihnen. Ebenso fehlten die Notenpulte, und sie erhoben sich auch nicht, um anderen beim Umblättern der Notenblätter behilflich zu sein. Waren es Saaldiener, die von dort aus die Zuhörer beobachteten? Oder Sanitäter, Feuerwehrleute, wie sie für Großveranstaltungen vorgeschrieben sind, denen man ein dunkles Mimikry verpasst hatte, damit sie nicht auffielen? Die beiden Männer gaben mir Rätsel auf.

Ich ertappte mich dabei, dass mein Musikgenuss unter der Frage zu leiden begann, welche Funktion diese Männer hatten, die nun schon so lange in ihrer Sitzposition verharrten. Immer wieder wanderten meine Augen zu ihnen, aber ich wartete fast eine Stunde vergebens auf eine Lösung des Rätsels.

Als ich nicht mehr mit einer Veränderung rechnete,

bückten sich beide, nahmen etwas vom Boden auf und erhoben sich. Nun erkannte ich, was sie zu tun hatten. Der eine hielt zwei goldgelbe Bleche in den Händen, der andere eine Triangel. Als wenige Sekunden später die Musik zum Fortissimo anschwoll, schlug der Erste drei- oder viermal die Becken gegeneinander, während der Zweite mit einem Stab sein Dreieck zum Klingen brachte, wobei fragwürdig blieb, ob er mit seinem winzigen Instrument und seinem »Kling – kling – kling« überhaupt einen hörbaren Beitrag zu dem gewaltigen Anschwellen der Lautstärke leistete. Da konnte der Erste sich wahrlich besser behaupten. Sein Blechekrachen war für Sekunden unüberhörbar – aber eben auch nur für Sekunden. Dann setzten sich die beiden Herren wieder und blieben wie ägyptische Götterstatuen vor den Ausgängen bis zum Ende des Konzertes sitzen.

Der Eindruck, den die Musik bei den Zuhörern hinterließ, war gewaltig. Nimmt man den Beifall am Ende als Maßstab, so hatte hier ein grandioses musikalisches Ereignis seinen krönenden Abschluss gefunden. Auch wir Geburtstagsgäste beteiligten uns intensiv an den Lobesbezeugungen per Applaudation und Akklamation. Ich muss allerdings gestehen, dass selbst noch lange nach Verlassen der Philharmonie mir die Irritation durch jene sehr passiven Orchestermitglieder zu schaffen machte. Ich fragte mich, ob es zu verantworten sei, zwei Leute im besten Mannesalter so lange unbeschäftigt auf einen wenige Sekunden dauernden Einsatz warten zu lassen. Hätte Anton Bruckner ihnen zwischendurch nicht ein paar Noten gönnen können, um ihnen das Gefühl der Bedeutungslosigkeit zu nehmen? Hätte man sie nicht sinnvoller an der Kasse oder an der Garderobe tätig werden lassen und diesen Kurzeinsatz mit Becken und Triangel den Harfendamen oder anderen an jener Stelle gerade pausierenden Instrumentalisten zusätzlich überlassen sollen? Auch ökonomische Gründe sprachen dafür, durch Geräteumverteilung an jener Konzertstelle die Tagesgage von zwei ausgewachsenen Musikern einzusparen.

Karajan, so wird behauptet, habe einmal erklärt, ein gut instruiertes Orchester könne gänzlich ohne den Dirigenten ein Konzert »herunterspielen«. Er jedenfalls fühle sich manchmal äußerst überflüssig. Aber das gehört wohl in das Kapitel Übertreibung, und so gestand ich mir ein, dass meine Gedanken gefährlich waren, weil man auf solche Weise ganze

Streich- und andere Orchester wegstreichen, wegrationalisieren könnte und den Strom von Arbeitslosen noch weiter anschwellen lassen würde.

Also beschloss ich, meine Überlegungen nicht an jenem Abend vor den anderen Geburtstagsgästen und dem Gastgeber auszubreiten. Schließlich war das Geburtstagskind ein eifriger Verfechter großer Konzertkultur, und wer wollte ihm seinen Ehrentag mit dem Hinweis verderben, bei Bruckners »Achter« gebe es zwei Musiker, die fast eine Stunde auf ihren Einsatz warten müssen und dann nur wenige Sekunden lang mitspielen dürfen!

Ein Jugendwerk

Zugegeben: Ältere Leute haben es in der Regel schwerer als jüngere, sich an moderne Klänge in der Musik zu gewöhnen. Das gilt vermutlich für Unterhaltungsmusik ebenso wie für Klassisches. Das alte Ohr empfindet Discomusik – Jazz, Rock, Beat, wie immer sich die modernen Musikformen nennen mögen – nur als störende Geräusche, bei denen man sich als konservativer Zuhörer am liebsten die Ohren zuhalten möchte. Und wird diese auf junge Zuhörerschaft ausgerichtete Musik auch noch optisch untermalt von Nebelschwaden, die wabernd aus dem Boden steigen, und von bunten, zuckenden »Lichtfanfaren« begleitet, dann schließt der ältere Musikkonsument am liebsten auch noch die Augen.

Nicht viel anders ergeht es einem älteren Menschen, der Klassisches gewohnt ist, wohl auch bei der Begegnung mit Erneuerern auf dem Felde der ernsten Musik. Überall dort, wo er noch so etwas wie Harmonie herauszuhören vermag, zeigt er sich empfängnisbereit, ja er ist hier sogar lernfähig und schult sein Ohr so weit um, dass er Klänge, die ihm zunächst fremd vorkommen, schließlich mit Selbstverständlichkeit akzeptiert.

Klangen Rimski-Korsakow, Strawinsky, Bartók und andere anfangs dem konservativen Hörer vielleicht noch ungewohnt, weil deren Tonfolgen nicht unbedingt alten Mustern folgten, so trat doch nach einiger Zeit bei den meisten die innere Abwehr gegen die neuen Klänge zurück. Man begriff sie als Bereicherung des Gewohnten und nahm sie in zunehmendem Grade an.

Schwerer hatte es da zum Beispiel Paul Hindemith, dessen Tonkombinationen sich für Ohren älterer Hörer nicht unbedingt als leicht verdauliche Kost erwiesen. Man kannte den Spruch: »Hindemith – her damit – weg damit!«, und begegnete ihm und seiner Musik von vornherein mit Misstrauen. Noch stärker wehrt sich der an »normale« Klassik gewöhnte Hörer, sobald ihm Werke von Komponisten vorgesetzt werden, bei denen er den Eindruck hat, die Instrumentalisten wären noch dabei, die Geigen, Bratschen, Celli, Kontrabässe, Flöten, Hörner, Schlaginstrumente und so weiter zu stimmen, obwohl doch das Musikstück, wie er dann merkt, längst gespielt wird. Glücklich derjenige, der einer Komposition z. B. von Stockhausen noch irgendeinen Reiz abzugewinnen vermag! Sicher stimmt etwas an der Behauptung, diese zutiefst disharmonischen Klanggebilde seien der angemessene Ausdruck des Zustandes unserer ach so heruntergekommenen Erde und ihrer Menschheit. Aber jedermanns Sache ist diese Musik nun wirklich nicht. Musikexperten mögen noch so oft erklären, wer diese modernen Ausdrucksformen ablehnt, sei nicht mehr auf der Höhe der Zeit. Musik, die alten Hörgewohnheiten zuwiderläuft, bleibt den meisten älteren Menschen fremd, und daher meiden sie Konzerte, in denen ihnen allzu moderne oder zumindest ungewohnte »Hörkost« vorgesetzt wird.

Dass es dennoch auf jenem Feld Überraschungen

gibt, mag die später folgende Episode zeigen. Es bedarf zunächst einer Einführung in die Situation, die zu dem besonderen Erlebnis führte.

Ich war ein Jahr nach meiner Pensionierung vom Schulamt der Stadt Bonn gefragt worden, ob ich Lust hätte, knapp zwei Wochen lang in Budapest, genauer gesagt im Stadtteil Budafok, einige Schulen zu inspizieren, um dort festzustellen, wie es um den Deutschunterricht stehe. Bonn, damals noch deutsche Bundeshauptstadt, unterhielt mit dem genannten Stadtteil der ungarischen Metropole eine Städtepartnerschaft, und im Rahmen dieser freundschaftlichen Beziehungen wollte man den dortigen Schulen Hilfe leisten. Geld zu transferieren schien nicht opportun zu sein, denn man war sich nicht sicher, ob dieses dort den Bestimmungen zugeführt werden würde, für die es gedacht war.

Also sollte eine kleine Abordnung, in diesem Fall bestehend aus zwei Personen, denen man einiges an Urteilsvermögen in Sachen Schulbedarf zutraute, vor Ort klären, was speziell für die Förderung des Deutschunterrichts hilfreich sein könnte. Da ich mich noch einigermaßen fit für eine solche Aufgabe fühlte, sagte ich zu, und so flog ich im Herbst 1993 in Begleitung einer noch im aktiven Schuldienst stehenden Kollegin nach Budapest, um dort mehrere Schulen zu besuchen und dabei zu klären, wie und womit man den Deutschunterricht fördern könne.

Nun muss man wissen, dass damals in Ungarn vor gar nicht langer Zeit ein politischer Umschwung stattgefunden hatte. Russisch war vor dieser Wende die Pflichtfremdsprache schlechthin an allen Schulen gewesen. Nach der Lösung der engen Bindungen an die UdSSR gab man die Wahl frei, und alle Schüler wandten sich vom Russischen ab und dem Englischen oder Deutschen zu. Eigentlich hätte man erwarten können, dass auch das Französische als eine früher in Ungarn – neben Deutsch – sehr beliebte Fremdsprache bei der Wahl eine Rolle gespielt hätte. Aber die Zeiten hatten sich gründlich geändert, und Frankreich und seine Sprache lagen für die meisten ungarischen Schülerinnen und Schüler außerhalb ihrer Interessengebiete.

Sinnvoll wäre es für sie gewesen, soweit sie bereits ein, zwei oder drei Jahre am Russischunterricht teilgenommen hatten, sich diesem bis zu einem bestimmten Abschluss weiter zu unterziehen. Die Abkehr davon aber war radikal, was zur Folge hatte, dass nun viel zu viele Russischlehrerinnen – männliche Fachkräfte gab es an ungarischen Schulen so gut wie gar nicht – ohne Beschäftigung waren. Da andererseits großer Mangel an Englisch- und Deutschlehrerinnen herrschte, machte man aus der Not eine Tugend und schulte die arbeitslosen Damen zu Lehrkräften der beiden neuen Fremdsprachen um. Es lässt sich leicht vorstellen, wie der Ausbildungsstand dieser neuen Fachkräfte war, als man sie auf die Kinder losließ. Einige dieser umfunktionierten Damen berichteten, sie hätten sich vor den Sommerferien bei ihren Schülern mit »Do swidanija« verabschiedet, dann einen dreimonatigen Deutschkursus besucht und nach den Ferien ihre neue Klasse mit »Guten Tag«

begrüßt. Ihr Wissensvorsprung vor ihren Schülern habe anfangs also nur drei Monate betragen, und unumwunden gaben sie zu, sich anfangs sehr unsicher gefühlt zu haben. Einige fürchteten sich immer noch, sich vor uns Deutschen zu blamieren, als wir sie in ihren Unterricht begleiteten. Aufmunternde und anerkennende Worte halfen aber schnell, ihre Furcht zu zerstreuen.

Um das Ergebnis dieser Inspektionsreise vorwegzunehmen: Wir konnten in Bonn einige Hundert Jugendbücher sammeln und als Spenden über die ungarische Botschaft nach Budafok schicken. Wir organisierten den Besuch von etwa zwanzig Deutschlehrerinnen aus Budapest bei Gastschulen in Bonn, woraus sich einige langjährige Freundschaften ergaben, und wir sorgten dafür, dass ungarische Klassen, die das wünschten, Partnerschulen in Deutschland fanden.

Natürlich war die Bezirksverwaltung von Budafok der Stadt Bonn für die Unterstützung sehr dankbar, und wir, die Inspektoren, erhielten schon in der Zeit unseres Aufenthaltes in Ungarn besondere Zuwendungen. Man hatte zwei Damen aus dem Schulbereich zu unserer Betreuung freigestellt, und diese bemühten sich nach Kräften, uns den Aufenthalt in Budapest so angenehm wie möglich zu machen.

Das begann bei der Budafoker Weinbaufachschule, die wir besuchten, weil Deutsch dort auch zu den Unterrichtsfächern gehörte. Die Schule besitzt eine Wein- und Sektkellerei in einem der Stollensysteme, die in die angrenzenden Berge getrieben sind. Natürlich lud man uns zum Abschluss unserer Visitation zu einer Weinprobe in einem tief im Berg liegenden Kellergewölbe ein. Von allen probierten Sorten schmeckte mir ein Tokaier am besten. Sobald der Direktor der Schule das bemerkte, goss er mir von jenem edlen Tropfen ständig nach. Als ich mich am Ende der Trinkaktion von der Holzbank am Probiertisch erheben wollte, schienen mir die Beine den Dienst zu versagen. Ich war schließlich froh, mehr wankend und schwankend als geradeaus gehend, aber wenigstens ohne Sturz unser Hotelquartier zu erreichen.

Es gab Besichtigungen der Budapester Sehenswürdigkeiten und Ausflüge in die Umgebung, z. B. nach Szentendre, und am Abend waren wir mehrmals Gäste bei kulturellen Veranstaltungen. Dass man uns in eine Aufführung der »Gräfin Mariza« führte, lag in der ungarischen Hauptstadt zwar nahe, dass diese Operette aber deutsch gesungen wurde, entsprach nicht gerade unserer Erwartung, in Budapest etwas original Ungarisches auf der Bühne zu sehen. Wahrscheinlich bezweckten unsere fürsorglichen Begleiterinnen damit, uns zu demonstrieren, welche Rolle das Deutsche in Ungarn inzwischen wieder spielte.

Ein besonderes Erlebnis wurde für uns der Besuch eines Konzerts im großen Saal des Vigadó, jenes nach der Mitte des 19. Jahrhunderts errichteten Prachtbaus, dessen Inneres zu sehen schon allein ein Genuss ist. Man wandelt dort sozusagen auf den Fußspuren eines Franz Liszt, und wenn man das Glück hat, Karten für ein Konzert in dem Prachtsaal zu ergattern, steigert sich die Genusserwartung entsprechend.

Wir beiden Deutschen saßen gut platziert zwischen unseren ungarischen Begleiterinnen und waren gespannt darauf, wie das Orchester – ein transsilvanisches, wie das Programmheft es nannte – die drei Stücke zu Gehör bringen würde, die für den Abend vorgesehen waren. Das Konzert sollte mit einer Komposition von Béla Bartók – wir waren ja schließlich in Ungarn! – beginnen. Dann folgte ein konzertantes Stück von Paul Hindemith, und für den Schluss hatte man etwas Symphonisches von Richard Strauss vorgesehen.

Als der Dirigent den Taktstock hob, erstarb jeder Laut in dem großen Saal. Bartóks Melodien empfanden wir so, wie wir sie von Konzerten bei uns in Deutschland her kannten. Man hatte als älterer Mensch mit dem Dissonanzreichtum der Kompositionen des Meisters schon seine Schwierigkeiten. Aber immerhin: Was wir hier musikalisch geboten bekamen, beleidigte nicht das Ohr und war stellenweise sogar gefällig. Im Stillen verglichen wir das, was gerade vorgetragen wurde, mit dem, was uns als Nächstes erwartete, nämlich das Hindemith-Stück. Wahrscheinlich würde das, gemessen an dieser Bartók-Komposition, weniger »eingängig« sein.

Aber wir erlebten ein Wunder. Als das Orchester das zweite Stück, also den »Hindemith«, begann, trauten wir unseren Ohren nicht. Die symphonischen Klänge, welche Streicher und Bläser ihren Instrumenten entlockten, waren alles andere als das, was wir erwartet hatten. Geschmeidige Melodienbögen umschmeichelten uns, die Töne folgten in Reihen, wie sie schöner nicht hätten sein können. Wir beiden Deutschen schauten uns an und waren entzückt. Dieses Hindemith-Stück konnte eigentlich nur aus der frühen Schaffenszeit des Komponisten stammen, es war offensichtlich ein Jugendwerk und lief allem zuwider, was man von dem späteren Hindemith zu hören gewohnt war. Dass dieser »Erneuerer« der klassischen Musik so etwas Brillantes in der Frühphase seines Schaffens zustande gebracht hatte, das konnte man wirklich nicht ahnen. Wir lehnten uns in unsere Sessel zurück und genossen die wunderbaren Klänge.

Als das Orchester zum Ende des Stückes gelangt und der letzte Ton verklungen war, folgte nach einem Augenblick der Stille lebhaftester Beifall. Offenbar war es anderen Konzertbesuchern um uns herum nicht anders ergangen als uns. Auch sie hatten hier einen ganz anderen Hindemith entdeckt und waren angenehm überrascht.

Bevor das letzte Stück begann, trat der erste Geiger an die Rampe des Orchesterpodiums und verkündete etwas auf Ungarisch, was wir Deutschen natürlich nicht verstanden. Ein Raunen lief durch den Konzertsaal, und es breitete sich eine spürbare Unruhe aus. Was hatte das zu bedeuten?

Wir wandten uns an unsere Begleiterinnen, um zu erfahren, was der Sprecher des Orchesters soeben mitgeteilt hatte. Die Antwort traf uns wie ein Hammerschlag. Der Mann hatte verkündet, man habe die im Programmheft vorgesehene Reihenfolge der Stücke geändert. Der »Hindemith« war in Wahrheit ein »Richard Strauss« gewesen! Damit brachen für uns und vermutlich für viele andere Besucher dieses Konzertes alle Illusionen hinsichtlich des Jugendschaffens von Paul Hindemith zusammen.

Es folgte zum Schluss der »echte« Musikerneuerer, und der war so, wie wir ihn kannten: »Hindemith – her damit – weg damit!«

Kunstverächter

»Kunst geht nach Brot« – so bringt es ein knapper Satz auf den Punkt, die Entscheidung vieler Künstler nämlich, wenn sie sich vor die Frage gestellt sehen, aus ihren Produkten Kapital schlagen zu können oder mit extravaganten Werken als unbekannter Kunstschaffender gegen den Geschmacksstrom zu schwimmen und damit Gefahr zu laufen, als Hungerleider zu enden.

Die Geschichte weiß viele Beispiele zu nennen, dass Künstler, die aus dem Rahmen fielen, Zeit ihres Lebens nicht oder nicht in dem Maße anerkannt wurden, wie sie es wohl verdient gehabt hätten. Meistens fristeten sie ein karges Dasein und starben mittellos. Dabei galten sie mitunter schon der nächsten Generation als grandiose Wegbereiter neuer Stilrichtungen, und der merkantile Wert ihrer Produkte stieg in schwindelerregende Höhen. Caravaggio, Van Gogh, Gauguin – die Malerwelt ist voll von Namen solcher von ihrer Zeit verkannten Genies.

Einiges hat sich jedoch im letzten Jahrhundert in dieser Hinsicht geändert. Moderne Massenmedien und gezieltes Management können heutzutage für den Bekanntheitsgrad von Künstlern viel tun. Qualität wird also nicht mehr jahrzehntelang verborgen bleiben, wenn sie wirklich etwas taugt, und Künstlerschicksale wie die genannten werden vermutlich in Zukunft die absolute Ausnahme sein.

Andererseits können Vermarktungsstrategien gerade auf dem Feld der Kunst auch zu Entwicklungen führen, die besser unterblieben wären. Durch »Auffallen«, durch Mittel, die mit echtem Kunstschaffen wenig zu tun haben, werden seit der Mitte des vergangenen Jahrhunderts Künstler in die breite Öffentlichkeit katapultiert, die diese Bezeichnung bei Licht gesehen nicht verdient hätten.

Natürlich kann man dem Grundsatz huldigen, über Geschmack lässt sich nicht streiten, und alle Definitionen von Kunst schlucken. Aber für die meisten Menschen verbindet sich mit der Vorstellung von Kunst doch die Bedingung, dass in einem Werk die Idee eines profund geschulten »Handwerkers« zum Ausdruck kommt, wobei beides, Idee und handwerkliches Können, in einem ausgewogenen Verhältnis stehen.

Nun kann man schnell alle jene, die eine solche Erwartung Künstlern und ihren Werken gegenüber hegen, in die Ecke des Banausentums stellen und ihnen mangelnde Weitsicht, Intoleranz und Inkompetenz in Sachen Kunst vorwerfen. Kann es aber so viele Dummköpfe auf der Welt geben, dass man allenthalben auf sie trifft? Jene, die »Kunstwerke«, welche ihnen nur wie Sperrmüll, Schrott oder Klecksereien vorkommen, als solche bezeichnen und die deren Produzenten eher als Scharlatane denn als Kunstschaffende sehen, befinden sich in bester Gesellschaft. Kein Geringerer als Ephraim Kishon zum Beispiel hat sich ausgiebig mit dem Problem »Kunst oder Vortäuschung derselben« beschäftigt und davor gewarnt, alles zu akzeptieren, was uns unter der Bezeichnung Kunst heutzutage angeboten wird.

An Picasso versucht er zu beweisen, dass jener erst
zu seiner die Objekte zerstückelnden und deren Teile
verschiebenden Malweise fand, als er merkte, dass
mit seinem konservativen Stil kein Staat zu machen
war. Nun wird man zugeben, dass Picasso beides be-
saß: Ideen – man denke nur an die zu einem Stier-
kopf umfunktionierten Fahrradteile – und handwerkliches Können. Aber sein Erfolg kam erst, als
er sich als Maler »verrückt« gebärdete. Hier wurde
also das »Auffallen« zur bewussten Vermarktungs-
strategie.

Bei anderen Künstlern der Moderne hat man den
Eindruck, dass sie sich erst gar nicht der Anstrengung handwerklichen Schaffens ernsthaft unterziehen, und selbst ihre Ideen wirken banal. Es genügt
ihnen, einen Kunstbegriff zu kreieren und danach
zu »schaffen«, mögen andere darüber auch nur die
Köpfe schütteln. Entscheidend für ihren Erfolg ist,
dass sie sich genügend »Public Relation« verschaffen
und bekannt werden. Dabei scheint der Grundsatz
»Je ausgefallener und verschrobener, desto besser!«
schon fast den kommerziellen Erfolg zu garantie-
ren.

Eigentlich sollte man solches Vorgehen nur ach-
selzuckend zur Kenntnis nehmen und zum Tagesge-
schehen nach dem rheinischen Motto »Unser Herr-
jott hat se, mit und ohne Jlatze!« übergehen, denn
warum darf nicht in einer freien Gesellschaft jeder
tun, was er will, solange er anderen nicht schadet?
Aber hier liegt der Hase im Pfeffer. Nichts ist dagegen einzuwenden, wenn Sammler, die das nötige

Geld dafür besitzen, sich künstlerische Verrückt-
heiten kaufen und sie an die Wand hängen. Wenn
aber Steuergelder für solche Machwerke ausgegeben
werden, von denen der größte Teil eben jener Steu-
erzahler nichts hält, bekommt diese Angelegenheit
schon einen unguten Touch.

An Warhol, Lichtenstein, Beuys, Baselitz und anderen scheiden sich die Geister. Geht man in Washing-
ton durch die riesigen Räume des Museums-Erwei-
terungsbaus, in denen fast nur Blechbüchsen, geras-
terte Comics, einfarbige Tafeln ausgestellt sind, so
trifft man kaum einen Besucher dort an. Zwei Stock-
werke tiefer stehen sich die interessierten Menschen
in engen Räumen fast gegenseitig auf den Füßen,
um Bilder der französischen Impressionisten zu betrachten. Nicht anders ist die Situation in anderen
Museen. Die massigen Fettpolster eines Joseph Beuys
lösen wahrlich keine Begeisterungsstürme aus, und
angesichts der auf dem Kopf hängenden Baselitz-Ge-
mälde fragt man sich, ob ein mittelmäßig begabter
Quartaner nicht ohne große Mühe Ähnliches her-
vorzubringen vermag.

Schlimm wird es manchmal, wenn Kunstexperten
sich überführt sehen. Als eine Dame jenes Gewer-
bes bei einer Ausstellung von Objekten des Beuys-
Schülers Palermo ein Dreieck über einer Tür als ge-
nialen Einfall des Künstlers pries und man sie darauf
aufmerksam machte, dass ein Architekt in Münster
lange vor Palermos Geburt solche Dreiecke über vielen Haustüren hatte anbringen lassen, war die Antwort der kunstsinnigen Dame: »Dann ist das eben ein

Zitat des Palermo!« Das sind Momente, in denen man das Gefühl hat, hier werde mit der Kunst Schindluder getrieben und jede Redlichkeit gehe zugrunde.

Schlimm wird es, wenn Kunsterzieher die ihnen anvertrauten Jugendlichen auf »moderne Kunst« einschwören und sie zur Scharlatanerie verführen. Eine Geschichte mag das verdeutlichen:

In einer mündlichen Abiturprüfung war es Aufgabe eines Schülers, sich mit einer Beuys-Installation auseinanderzusetzen. Dem Prüfling lag ein Bild mit einem in eine Decke gehüllten Musikinstrument vor. Der Name der Installation lautete: »Konzertflügel infiltriert«. Die Aufgabe bestand nun darin, zu diesem Werk des renommierten Künstlers kluge Worte zu finden, um der Bedeutung des Einfalls und seiner Konkretisierung gerecht zu werden. Der arme Abiturient bemühte Gott und die Welt und diverse Kunsttheorien, um dem Objekt einen Sinn zu geben. Das Wort »infiltriert« verführte ihn zu den gewagtesten pseudophilosophischen und ästhetischen Deutungen, die dem unvoreingenommenen Zuhörer die Haare zu Berge stehen ließen.

Der Kunsterzieher fand offenbar Gefallen an dem Geschwafel, denn er unterbrach seinen Schüler bei dessen Redeschwall nicht. Am Schluss schlug er für diese Leistung ein »Sehr gut« vor. Der Prüfungsvorsitzende überlegte. Sollte er diese Scharlatanerie platzen lassen und dem Schüler damit die Note verderben? Der eigentliche Versager war hier der Kunstlehrer, der dem Schüler diesen Unfug vorgelegt und ihn damit in die peinliche Situation gebracht hatte. Also ließ er die Note durchgehen.

Aber als die Prüfung abgeschlossen war und dem Abiturienten kein Schaden mehr entstehen konnte, fragte der Vorsitzende – scheinbar laienhaft –, was denn das Wort »infiltriert« eigentlich bedeute. Der Kunsterzieher sah verunsichert über seinen Brillenrand, konnte aber keine Erklärung geben.

Da begab sich der Vorsitzende in die Rolle des Aufklärers und leitete das Wort vom Italienischen Feltro = Filz ab. Ein »Konzertflügel infiltriert« war also nichts anderes als ein in Filz verpacktes Musikinstrument, und das Verpacken gehörte ja nun einmal zu den Leidenschaften eines Joseph Beuys. Damit war das angebliche Kunstobjekt entzaubert, der Kunsterzieher hatte eine Lektion erteilt bekommen und der Schüler seine sehr gute Note behalten. Man sah es ihm an, als er den Prüfungsraum verließ, dass er sich wegen seiner Schaumschlägerei maßlos schämte, und das war in diesem Falle sicher Strafe genug.

Theater, Theater

Man hat es als älterer Mensch nicht leicht, mit dem Theater, wie es sich in der heutigen Zeit oft darbietet, zurechtzukommen. Von Kindheit an und über viele Jahrzehnte gewohnt, Klassisches als solches auf der Bühne serviert zu bekommen, ist man schon irritiert, was einem als Zuschauer so zugemutet wird. Dabei haben die meisten heutigen Senioren wenig dagegen, wenn moderne Stücke in modernem Gewande daherkommen, weil die Themen, die sie behandeln, reduziert man sie auf eine gedankliche Grundaussage, in der Regel so alt sind wie die Menschheit. Das absurde Theater akzeptierte man ohne große Bedenken, weil es neue Wege beschritt, auf die man als am Theater interessierter Mensch neugierig war. Ionescos Nashörner oder Becketts Warten auf Godot zum Beispiel wurden als Beiträge zu dem Versuch verstanden, durch Experimentieren mit Form und Inhalt auf der Bühne Wege zu beschreiten, die der – damals – modernen Zeit angemessen zu sein schienen. Aber man wusste als Zuschauer, worauf man sich einzulassen hatte. Modernes kam in modernem Gewande daher, Klassisches gewöhnlich ohne moderne Verfremdung.

Das ist heute ganz anders. Kaum ein Regisseur ist noch der Meinung, ein klassisches Stück so inszenieren zu sollen, wie es dem Autor selbst vor Augen geschwebt hatte. Dabei wird man den Verdacht nicht los, dass jene Herren (oder neuerdings auch vielfach

Damen) hauptsächlich von dem Gedanken besessen sind, mit einer aus dem Rahmen fallenden Inszenierung möglichst viel Presse auf sich zu lenken und dadurch ihren Bekanntheitsgrad zu steigern, wobei sie in Kauf nehmen, womöglich als Enfant terrible abgestempelt zu werden. Schließlich bringt selbst ein solch negativer Ruf Publicity und wirkt sich irgendwann positiv aus.

Zunächst waren es offensichtlich nur Spielleiter des Schauspiels, die klassische Stücke durch »Verfremdung« beim Inszenieren glaubten »entstauben« zu müssen. Aber bald griffen auch Opernregisseure in diese Zauberkiste, und was das Publikum zu sehen bekam, ließ manchen im Parkett, auf Tribünen und Logen sich die Augen reiben und sich fragen, ob er im richtigen Stück sei. Heutzutage dürfte die Zahl der Operninszenierungen, die sich »modern« geben, zumindest in der Optik älterer Besucher jene übersteigen, die im klassischen Gewand daherkommen.

Ein wenig tröstet dabei die Tatsache, dass die Musik keine allzu große Abweichung von dem erlaubt, was der Komponist an Noten auf das Papier gebracht hat. Ein wenig die Tempi verändern, vielleicht auch die Tonintensität, das fällt kaum auf, aber radikalere Eingriffe wären unverzeihlich. Das wissen die Regisseure, und so schneidern sie am Erscheinungsbild fleißig herum und »modernisieren« auf Teufel komm raus. Besonders fällt das auf, wenn man als Zuschauer Gelegenheit hat, eine konservative Opernaufführung mit einer modernen zu vergleichen.

In Regensburg gab man vor kurzer Zeit Rossinis

»La Cenerentola« im renovierten Haus. Das Publikum war begeistert von den Stimmen der singenden Truppe, vom Bühnenbild, den Kostümen, vor allem aber auch von der Stimmigkeit von Text und Entwicklung der Handlung. Das italienische »Aschenputtel« bewegte sich mit allen anderen Darstellern in einem dem Inhalt angemessenen Rahmen und erhielt natürlich, wie es die Idee vorsieht, am Schluss ihren Fürsten. Ganz anders eine Inszenierung dieser Oper zur gleichen Zeit in Bonn. Die Darsteller kletterten fast ununterbrochen mithilfe von Leitern innerhalb von drei nüchternen Hochhausebenen singend hin und her, der Vater der Mädchen schien eine Art Bordell zu betreiben, der Diener des Fürsten hatte es auf ihn und nicht auf Weiblichkeit abgesehen, und am Schluss zog der junge Fürst mit seinem Kammerdiener von dannen, ohne sich dem Aschenputtel zuzuwenden. Das Publikum war ob dieser seltsamen Inszenierung, besonders aber über den veränderten Schluss ziemlich ratlos.

Beim Verlassen der Oper hörte man allerlei Vermutungen. Schließlich brachte es eine Besucherin auf den Punkt, die laut verkündete: »Ich hab die Lösung: Fürst und Diener waren beide schwul.« Manche schlugen sich an die Stirn: Natürlich, das musste der Regisseur gemeint haben. Unverzeihlich, dass man in einer Zeit, wo Sätze wie: »Und das ist auch gut so!«, fleißig beklatscht werden, nicht schnell selbst darauf gekommen war!

Bei einer Inszenierung von Mozarts Zauberflöte in Münster im – wie man meinen sollte – doch sehr konservativen Westfalen sah man zu Beginn eine Art Kinderspielplatz auf der Bühne, und auf der großen Rutsche zeigten sich anfangs zwei leicht zappelnde Frauenbeine. Nach einigen Takten rutschte immer mehr von der Frau ins Bühnenbild, und man erkannte: Sie war splitternackt.

Das war also die »Schlange«, die Tamino gefährlich werden sollte. Dieser hatte inzwischen auch die Szene betreten, geriet in Panik und fiel schließlich, als die Nackte die Rutsche hinabsauste, durch Löcher eines Gestells, in dem er sozusagen paralysiert hängen blieb. Da erschienen die drei Damen aus dem Umfeld der Königin der Nacht, gespielt von drei jungen Frauen, die, wie der Text es vorschreibt, singend in Entzücken über den Jüngling Tamino ausbrachen, dann aber zur Tat schritten. Die erste »Dame« zog ihn am Hosenbund und schaute in die Hose, die zweite »befreite« ihn von diesem Bekleidungsstück, und die dritte wiederholte diese Prozedur mit dem Slip und entkleidete ihn damit, zumindest in der unteren Körperpartie, völlig, worauf Tamino wieder zu sich kam und eilenden Fußes das Weite suchte.

Wer nun gemeint hätte, dass im Zuschauerraum als Folge dieses Beginns der Zauberflöte eine Unruhe entstanden wäre und vielleicht sogar einige sich erhoben und den Kopf schüttelnd die Aufführung verlassen hätten, der wurde eines Besseren belehrt. Niemand rührte sich, vielleicht, weil man solches inzwischen auch in Münster zu sehen gewohnt war oder weil der Schreck so tief saß, dass man selbst dadurch nahezu paralysiert wurde. Mag sein, dass nach der Pause einige nicht auf ihre Plätze zurückkehrten. Aber das war wohl eine Minderheit. Die meisten schluckten die Devise, die da lautet: Kunst darf alles!

Als weiteres Beispiel für »Opernmodernisierung« sei eine Inszenierung des Fliegenden Holländers von Richard Wagner genannt. Bekanntlich spielt die Geschichte mit dem Mädchen Senta am Meer, und ein gespenstisches Schiff mit seinem Kapitän ist nicht unwesentlich an dem Geschehen beteiligt. Aber hier sah man weder so etwas wie Felsen, Küste, Wasser noch einen Großsegler, ja noch nicht einmal einen Schatten davon. Das Einzige, was auf Seemännisches in dieser Aufführung hindeutete, waren die Matrosen, die irgendwann aus Pappkartons – war das Frachtgut? –, im Chor das Steuermannslied singend, kletterten. Allenfalls konnte man noch eine Badewanne in einem Zimmer als Anspielung auf Maritimes verstehen, zumal hin und wieder ein Spielzeugboot darin »zu Wasser gelassen« wurde.

Natürlich waren kluge Leute im Programmheft bemüht, dieses Szenarium psychologisch zu deuten. Senta hatte vielleicht das ganze Drum und Dran mit dem Holländer nur geträumt oder sich eingebildet? Aber dann hätte das Stück konsequenterweise in einer psychiatrischen Anstalt spielen müssen. Wäre nicht die Musik unverändert geblieben, Richard Wagner hätte sich im Sarge umdrehen müssen ob dieser Pervertierung seiner Oper. So aber konnte der Maestro sich weiter seiner Grabesruhe in Bayreuth ohne allzu große Aufregung hingeben …

Schlimm wird es, wenn man nicht nur das äußere

Erscheinungsbild von Spielbarem verändert, sondern auch am Text »herummurkst«. Verständlich ist vielleicht noch das Vorgehen eines Regisseurs bei einer Inszenierung von Schillers Don Carlos kurz nach Ende des letzten Krieges in Deutschland, der die wichtigen Worte des Marquis Posa aus dem Text strich: »Geben Sie Gedankenfreiheit!« Vermutlich wollte er Ärger mit den alliierten Besatzungstruppen vermeiden, die eine so kühne Aufforderung möglicherweise falsch gedeutet hätten. Aber wenn man in Gerhart Hauptmanns Stück vom Weberaufstand im 19. Jahrhundert heute die Namen prominenter Politiker oder Journalisten des 21. Jahrhunderts einfügt, dann grenzt das schon an geistige Vergewaltigung des Autors.

Natürlich gehört heute Nacktes auf die Bühne. Das trägt zur Lockerung des sexuell ach so verklemmten Publikums bei. Das Motto der Theatermacher lautet: Je nackter, desto besser! – in schlimmer Verkennung der Tatsache, dass bei Nacktheit oft weniger mehr (und schöner) ist.

Ein Beispiel für komplette Enthüllung eines maskulinen Körpers bot eine Inszenierung der Antigone von Sophokles in Bonn. Die Bühne befand sich wie ein Boxring mitten im Theatersaal und war somit von allen Seiten her überschaubar. Den schwierigsten Part hatte diesmal nicht Antigone, sondern Kreon. Als es um seine Inthronisation ging, musste er alles an Textilien ablegen, was er am Körper trug, und so stand er schließlich von jeglicher Hülle entblößt mitten auf der Bühne. Natürlich hätte es seiner Würde widersprochen, in dieser Situation verschämt die Hände vor die Hauptattribute seiner Männlichkeit zu legen, und so stand er tapfer nackt eine Weile da, bis man ihm die königlichen Gewänder umlegte.

Der Regisseur hatte erreicht, was er wollte. Seine Inszenierung war Stadtgespräch. Nur nannte man in Bonn damals nicht mehr die Aufführung »Antigone«, sondern »Antik ohne«.

Zuweilen provozieren nicht Bühnenbild, Ausstattung und Ähnliches das Publikum, sondern Text und Inhalt, Letzterer besonders dann, wenn sich Zuschauer fragen, wer denn reif für den Psychiater ist, der Autor oder sie selbst. Man braucht in der heutigen

Zeit nicht lange zu suchen, um Beispiele für moderne Stücke zu finden, die eine solche Wirkung zu erzielen vermögen. Literatur-Nobelpreisträgerin Elfriede Jelinek steht mit ihren provokanten Geistesergüssen hier in vorderster Front. Als der bekannte Schauspieler und Regisseur Peter Eschberg weitgehend die Bonner Theatergeschicke lenkte, erlebten mehrere Jelinek-Stücke in Bonn ihre Uraufführung. Während die Österreicher um ihre Landsmännin einen weiten Bogen machten, schien Eschberg an ihr einen Narren gefressen zu haben.

Ein Stück wie »Clara S.« bot sich natürlich für Bonn an, da die Pianistin und Ehefrau Robert Schumanns dort gelebt, gewirkt und ihre letzte Ruhe auf dem Bonner Alten Friedhof gefunden hatte. Aber was die Bonner in dem Stück zu sehen und zu hören bekamen, löste mehr als nur Kopfschütteln aus. Nicht anders erging es ihnen mit anderen Theaterstücken der an sich selbst und der Welt so sehr verzweifelnden Schriftstellerin. Besonders ältere Zuschauer, denen man sicher nicht den Vorwurf machen konnte, über zu wenig Lebenserfahrung und Klugheit zu verfügen, regten sich über Jelinek-Stücke und ihre Inszenierungen auf.

Einmal hatte eine Schauspielerin ganz vorn auf der Bühne eine Unpässlichkeit zu mimen. Sie krümmte sich minutenlang und jammerte dabei: »Mir ist so schlecht, mir ist so schlecht ...!« Da hielt es einen älteren Zuschauer nicht mehr auf seinem Stuhl. Er sprang auf und rief der stöhnenden Frau zu: »Aber das Stück ist ja auch zum Kotzen!« Lauter Publikumsbeifall dankte ihm für seine klare Sprache, während die bedauernswerte Schauspielerin mit hochrotem Kopf um Fassung rang und Mühe hatte, ihre Rolle weiterzuspielen, nachdem wieder Ruhe im Zuschauerraum eingekehrt war.

Man könnte nun gegen solches Vorgehen seitens der Zuschauer einwenden, hier werde eine Grenze überschritten und Kunst mit Füßen getreten. Aber hat nicht das Publikum auch das Recht einzuschreiten, wenn es der Meinung ist, ihm werde Unzumutbares zugemutet? Soll es nur wegbleiben, wenn ihm etwas nicht gefällt, das Stück erst am Schluss »ausbuhen«?

Nein, wenn Claus Peymann erklärt: »Theater darf alles!«, dann muss auch der Satz akzeptiert werden: »Auch das Publikum darf alles!« Nicht nur Jugend hat ein Recht auf Protest. Gerade ältere Menschen erhalten zahlenmäßig in der heutigen Gesellschaft immer mehr Gewicht. Theatermacher dürften gut beraten sein, in Sachen Inszenierungskultur Meinungen älterer Theaterbesucher nicht leichtfertig beiseitezuwischen. Auch schon deshalb nicht, weil die vielen älteren und alten Menschen mit ihren Steuern sehr dazu beitragen, dass – in Deutschland in der Regel subventioniertes – Theater überhaupt möglich ist.

Eine Familientragödie

Es war schon ein besonderer Brief, der mir mit der Schulpost in der Woche vor Pfingsten auf den Schreibtisch flatterte. Nicht, dass er einen Trauerrand trug oder ein großes Kreuz am Rande des Blattes auf das Ableben eines lieben Menschen hingewiesen hätte. Aber schon der erste Satz des an mich, den Klassenlehrer des Quintaners Balthasar, gerichteten Schreibens brachte mit voller Wucht die Tragödie in dessen Familie zum Ausdruck.

»Sehr geehrter Herr Studienrat«, war da zu lesen. »Wir sind vorgestern bis ins Innerste von einem für uns alle unendlich schlimmen Schlag getroffen worden. Ich vermag nicht zu sagen, ob mein Mann, Felizitas, Balthasar oder ich am schwersten unter dem Verlust leiden muss. Für Balthasar war es auf jeden Fall die größte seelische Erschütterung in seinem bisherigen Leben.

Unter diesen Umständen ist es uns leider nicht möglich, ihn zur Schule zu schicken, und ich fürchte, das wird auch in den nächsten Tagen noch nicht gehen. Es könnte Wochen dauern, bis er wieder ins seelische Gleichgewicht gerät. Wir dürfen Sie daher um Verständnis bitten, wenn Balthasar nach seiner Rückkehr in die Schule sich noch zurückhaltender zeigt, als es ohnehin seine Art ist. Auch an Aufmerksamkeit im Unterricht wird es wohl eine Zeit lang mangeln. Er ist ein so sensibles Kind.

Für Ihre freundliche Rücksichtnahme und Ihr Verständnis für unsere Situation bedanken mein Mann und ich uns im Voraus herzlich.

In Trauer grüßt Sie
Rothraut Mechtesheimer

PS: Informieren Sie bitte Ihre Kollegen über Balthasars Zustand, damit sie ihn in der nächsten Zeit entsprechend seiner Verfassung behandeln.«

Ich war einigermaßen ratlos. Mir war nicht bekannt, dass es in Balthasars Familie neben der erwähnten Felizitas noch weitere Geschwister gab, von denen nun eins plötzlich verschieden war. Oder gab es da noch eine Tante, einen Onkel, eine Großmutter, einen Großvater, die oder der unerwartet das Zeitliche gesegnet hatte? Wenn ja, musste Balthasar zu jenem Menschen nach allem, was in dem Brief stand, ein sehr inniges Verhältnis gehabt haben.

Wie immer die Dinge auch lagen: Ich war gewillt, meinen empfindsamen Schützling Balthasar nach seiner Rückkehr in die Schule mit größtem Taktgefühl zu begegnen, was bedeutete, ihn zunächst nicht nach den näheren Umständen des herben Verlustes, der die Familie bis ins Mark erschüttert hatte, zu befragen und ihn so wenig wie möglich unterrichtlichem Stress auszusetzen.

Es vergingen fünf Tage, ohne dass Balthasar sich in der Schule blicken ließ. Erst nach dem durch Pfingstmontag verlängerten Wochenende bemerkte ich ihn morgens vom Lehrerzimmer aus auf dem Schulhof. Er ging wie gewohnt etwas nach vorn gebeugt über den Platz, die Daumen unter die Gurte des Schulranzens pressend, als wollte er damit dessen Gewicht auf seinem Rücken gleichmäßig verteilen. Sein Gesicht blieb mir allerdings verborgen, und so konnte ich daraus keine Rückschlüsse auf seinen inneren Zustand ziehen. Das bereitete mir einige Sorgen.

Zu Unterrichtsbeginn streifte mein Blick scheinbar flüchtig über die Klasse. In Wahrheit nutzte ich aber jenen Augenblick, mich zu vergewissern, dass Balthasar wie gewohnt seinen Platz eingenommen hatte und seine Schulutensilien – Heft, Buch, Schreibzeug – sorgfältig vor sich ausbreitete. Während ich den Stoff der letzten Stunde abfragte, blinzelte ich verstohlen zu Balthasar hinüber, um festzustellen, ob er sich irgendwie auffällig verhielt. Aber nichts dergleichen war zu bemerken. Mehr passiv und schon gar nicht sich intensiv beteiligend saß er wie immer zwischen seinen Mitschülern und ließ das Unterrichtsgeschehen an sich vorüberziehen.

So blieb es auch in den nächsten Tagen, und als ich es endlich wagte, ihn ein wenig mit Fragen zum Unterricht aus seiner Reserviertheit zu locken, reagierte er gar nicht auffällig. Ich zog daraus den Schluss, dass ich nun in gewohnter Weise mit ihm umgehen konnte und er den furchtbaren Schock, den er mit der Familientragödie erlitten haben musste, doch allmählich zu überwinden begann.

Was aber hatte die Familie so sehr in Mitleidenschaft gezogen? Sollte ich den nächsten Elternsprech-

tag abwarten, um dann aus Mutter Mechtesheimers
Mund Näheres darüber zu erfahren, wer aus der Fa-
milie und in welcher Weise er so plötzlich von der
Welt hatte Abschied nehmen müssen?

Meine Neugierde war stärker als das Gebot der Zurückhaltung. Als der nächste Klassenaufsatz anstand,
kam mir in den Sinn, das Thema so zu formulieren,
dass Balthasar sich beim Schreiben vielleicht öffnete
und freiwillig zu dem traurigen Ereignis Stellung be-
zog. Es lag in seiner Natur, lieber etwas zu Papier zu
bringen, als sich mündlich über einen Gegenstand
auszulassen.

Und meine Erwartung enttäuschte er nicht. Zu dem
Aufsatzthema »Ein besonderer Tag zwischen Ostern
und Pfingsten« schrieb Balthasar Folgendes: »Zu Ostern versteckten meine Eltern viele Eier in unserem
Garten. Einige davon hat unser Struppi mit seiner
Spürnase erschnüffelt. Danach gab es bei uns nichts
Aufregendes. Aber an einem Morgen kam ich früh
ins Wohnzimmer. Da lag Struppi auf dem Läufer vor
dem Sofa. Er hatte alle viere von sich gestreckt. Felizitas sagte: Der ist nun an Altersschwäche gestorben.
Wir haben ihn in einen Pappkarton gesteckt und im
Wald hinter unserem Garten beerdigt. Da liegt nun
der Hund begraben. Das war ein besonderes Ereignis.«

Ich schrieb mit roter Tinte unter Balthasars Auf-
satz: »Du hast gut beobachtet und schön der Reihe
nach erzählt. Deine Eltern werden sich über deinen
Realitätssinn freuen!«

Sparsamkeit

Wir hatten uns zu einer abendlichen Runde bei Ingrid, einer guten Bekannten aus früheren Tagen, zusammengefunden, um nach dem Genuss einer gebratenen Gans, die unsere Gastgeberin nach altem ostpreußischem Rezept zubereitet und mit dampfenden Knödeln serviert hatte, den adventlichen Abend bei einem Glas Wein zu verplaudern. Vor dem großen Fenster zur Terrasse hin verbreiteten einige Lichterketten im Garten zwischen Bäumen und Sträuchern schon so etwas wie vorweihnachtliche Atmosphäre, wenn es auch an Schnee mangelte, der diesem glitzernden Lichtgepränge erst den passenden Hintergrund verliehen hätte.

Unsere Gespräche kreisten um Ereignisse der Gegenwart, um die Bewältigung schwieriger Zeiten und die Frage, wie junge Leute sich heute in Situationen verhalten würden, die wir, die wir allesamt der Kriegs- und Nachkriegsgeneration angehörten, häufig hatten meistern müssen.

Einig waren wir uns in der Überlegung, dass – bei aller Liebe und Fürsorge unserer Eltern – eine gewisse Strenge in den erzieherischen Maßnahmen uns keineswegs geschadet hatte. Großzügigkeit wussten wir durchaus zu schätzen, und Wohlstand, wenn er nicht den Charakter verdarb, hätte keiner von uns abgelehnt. Aber alle waren wir uns einig, dass in der Jugend Erziehung zur Sparsamkeit ein wichtiges Element bei der Entwicklung und Formung von Heranwachsenden ist.

Wir mussten zugeben, dass unsere Haltung der Verschwendung gegenüber sich nicht unbedingt durch bewusste Pädagogik in unserer Jugend gebildet hatte. Die Lebensumstände während des letzten Krieges und danach waren so geartet, dass der Mangel allenthalben spürbar war und sich Sparsamkeit als Tugend geradezu von selbst aufgedrängt hatte. Noch Jahrzehnte danach, als allgemeiner Wohlstand in Deutschland herrschte, empfanden wir Verschwendung, in welcher Form auch immer sie uns begegnete, vor dem Hintergrund des Durchlebten als etwas uns Wesensfremdes.

Einer unserer Teilnehmer der abendlichen Gesprächsrunde berichtete von einem Vorgang, der diese Haltung deutlich machte. Er war als Lehrer zur Aufsicht in der großen Pause zusammen mit einem gleichaltrigen Kollegen auf dem großen Schulhof eingeteilt und ging mit jenem zwischen den spielenden oder sich unterhaltenden Schülern auf und ab. Die meisten der jungen Leute benutzten diese Zeit auch dazu, ihr »Pausenbrot« zu essen, das ihnen von daheim mitgegeben worden war. Während die beiden Erwachsenen durch die Schülerpulks schritten, beobachteten sie einen etwa zwölfjährigen Jungen, der ein Butterbrot aus einer stanniolfarbenen Hülle packte. Er nahm die beiden Brothälften auseinander, betrachtete kurz den Belag, der aus Wurst bestand, drückte alles in die Verpackung und warf den Knäuel in den nächsten Papierkorb. Offenbar hatte das ihm von zu Hause Mitgegebene nicht seiner Erwartung entsprochen, und so »entsorgte« er es, ohne lange zu überlegen. »Wir beiden Erwachsenen«, so fuhr der Erzähler fort, »sahen uns an, nickten uns zu – und wussten sofort, was im Kopf des anderen in diesem Augenblick vorging. Zu sprechen brauchten wir nicht über den Vorfall. Wir waren eben in einer anderen Zeit groß geworden.«

Unsere Gastgeberin schien das Geschilderte besonders beeindruckt zu haben. Versonnen blickte sie in ihr Glas, drehte es hin und her und schmunzelte ein wenig. Nach einer kurzen Pause erhob sie sich, ging zu einem Schrank, der mehrere Stapel an Papieren enthielt, suchte dort etwas herum und kam schließlich mit einem Blatt zurück, das sie mit der beschriebenen Seite nach unten vor sich auf die Tischplatte legte. Wir wussten uns auf ihr Verhalten keinen Reim zu machen und waren neugierig darauf, zu erfahren, was es mit dem Blatt Papier auf sich hatte.

Ingrid ließ sich nicht lange bitten und begann zu erzählen: »Ihr könnt sicher sein, dass ich Sparsamkeit genauso schätze wie ihr und meine Kinder stets angehalten habe, Dinge nicht zu verschwenden, die uns von der Natur geschenkt wurden oder die wir, die Eltern, mit Mühe und Fleiß erworben haben. Aber es gibt auch Grenzen beim Sparen, die man nicht überschreiten sollte, will man nicht Gefahr laufen, dem Geiz zu verfallen oder zumindest in Situationen zu geraten, die skurrile Züge annehmen können. Ich habe als Kind eine solche Situation erlebt, und von der will ich euch jetzt berichten.

Ich war Ostern 1938 in die Stadtschule von Ebenrode, ein Jahr zuvor noch Stallupönen genannt, eingeschult worden, und nachdem ich dort ein halbes Jahr lang die Schulbank gedrückt hatte, wurde mir das erste Zeugnis ausgestellt. Dieses zeigte ich zu Hause meiner im Garten arbeitenden Mutter, die es las und danach in die unterste Astgabel unseres Apfelbaums legte.

Nach getaner Gartenarbeit sollte das Zeugnis in die Wohnung mitgenommen werden. Doch siehe da, trotz Windstille war es weder in der Astgabel noch sonst in dem großen eingezäunten Garten zu finden. Das war recht unangenehm, denn nicht nur mein Vater wollte es sehen, auch meinem Klassenlehrer,

Herrn Thieß, musste es nach den Herbstferien vorgelegt werden.

Unsere lange Suchaktion wurde endlich von Erfolg gekrönt, als wir im Toilettenhäuschen meines sehr alten Großonkels nachschauten. In diesem Häuschen, das sich auf dem Hof befand, konnten wir das in sechs Puzzleteile zerlegte Zeugnis vollständig bergen.

Die elterliche Rücksprache mit dem Schulrektor Bolz ergab, dass die Neuausstellung des Dokuments eine Reichsmark kosten sollte. Darauf verzichteten meine Eltern. Sie klebten die Zeugnisteile auf einen DIN-A4-Bogen und legten diesen in meine nun einzuweihende Zeugnismappe.

Ich war sehr erleichtert, dass ich das verunzierte Zeugnis nicht Herrn Thieß zur Unterschriftskontrolle im Klassenzimmer vorzulegen brauchte. Wahrscheinlich hätte ich mich vor meinen Mitschülern damals doch wegen der »lokusalen Zerlegung« meines Zeugnisses durch meinen Großonkel geschämt. Aber sagt selbst: Wer kann ein ähnliches Dokument ostpreußischer Sparsamkeit sein Eigen nennen?«

Mit diesen Worten drehte Ingrid das Blatt auf der Tischplatte um, und da lag es vor uns, jenes denkwürdige Dokument. Sie hatte sich trotz aller Schwierigkeiten bei der Flucht nicht davon getrennt. Und wenn auch ihre Eltern damals vielleicht ein Übermaß an Sparsamkeit an den Tag gelegt hatten, Ingrid war ihnen sicher noch immer dafür dankbar, dass mit deren damaligem Vorgehen für sie die Tugend »Sparsamkeit« eine nie aus dem Gedächtnis zu löschende Gestalt angenommen hatte.

Das Kreuz mit dem Kreuz

Nein, wirklich! Es geht hier nicht um eine Entscheidung in der Wahlkabine. Wohin ich mein Kreuz dort zu setzen habe, das ist mir klar. Zumindest seit der Zeit meines jugendlichen Sturmes und Dranges, in der ich wie viele infantile Menschen zu randständigen Parteien von rechts oder links neigte, habe ich meinen politischen Standort gefunden und wähle immer die radikale Mitte.

Auch kann ich von mir behaupten, niemals Probleme mit dem Kreuz gehabt zu haben, wenn es darum ging, dass man Rückgrat bewies. Verbiegen kam für mich nicht infrage, mochte man dadurch auch Nachteile in Kauf nehmen müssen. Das fing schon an, als ich noch ein Junge war. Ich erinnere mich, dass ich einmal Pustekraft im Kreis von Mitschülern beweisen sollte, indem ich einen Frosch mithilfe eines von hinten in sein Gedärm gesteckten Strohalms zum Platzen zu bringen hatte. Das ängstliche Tier glotzte mich in Erahnung seines Schicksals so flehentlich an, dass ich es nicht über das Herz brachte, ihm das Lebenslicht auszublasen, was mir sicher bei meiner damaligen körperlichen Konstitution ohne zu große Anstrengung gelungen wäre. Nein, lieber wollte ich im Kameradenkreis fürderhin als Schwächling oder Feigling gelten, als den einmal gefassten Entschluss zu revidieren, und so warf ich den glitschigen Gesellen in großem Bogen zurück in den Poggenteich, wo jener vermutlich dankbar über diese Vorzugsbehandlung sich unter Entengrütze und Seerosenblättern schnell verkroch. Vermutlich hat ihn dort das Schicksal in Gestalt eines langen Storchenschnabels doch wenig später ereilt. Aber das belastete nicht mein Gewissen, weil es dem natürlichen Geschehen in der bäuerlichen Welt entsprach, in der ich aufwuchs.

Probleme mit dem Kreuz im medizinischen Sinne bekam ich zum ersten Mal, als ich die Mitte meines bisherigen Lebens gerade überschritten hatte. Als Vierzigjähriger hätte ich es mir damals nicht träumen lassen, plötzlich und unerwartet stechende Schmerzen oberhalb des Sitzfleisches in der Kehrseite zu bekommen. Aber es passierte mir, als ich mich nach einem turbulenten Tag und relativ gut durchschlafener Nacht wie üblich am Morgen gegen halb sieben aus dem Bett erheben wollte. Teufel!, fuhr es mir durch den Kopf, hat dich ein Hexenschuss erwischt? Es stach intensiv irgendwo in der unteren Rückenpartie, sobald ich mich bewegte. Vor lauter Schmerz war ich kaum in der Lage, mich einigermaßen gerade zu halten. Wie ein gichtgeplagter Tattergreis schlich ich umher, überall nach einem Halt spähend, der mir Unterstützung beim Vorwärtskommen gewährte. Mir blieb keine andere Wahl, als den Gang – oder genauer gesagt: die Fahrt zum Arzt anzutreten.

Als ich endlich dort angekommen war, betrieb der Medizinmann zunächst einmal Ursachenforschung. Dazu gehörte auch, dass er mich intensiv befragte, ob und wann ich besonderen Belastungen ausgesetzt gewesen sei.

Wir hatten am Tag zuvor ein Schulfest gefeiert, zu dem auch Darbietungen in der Aula, auf dem Sportplatz und in der Turnhalle gehörten. Letztere war zu einer Art Basar umfunktioniert worden. Fast jede Klasse hatte dort einen Stand aufgebaut, an dem Eltern, Lehrer, Freunde und andere Besucher mehr oder weniger Nützliches oder Ess- und Trinkbares gegen einen festgelegten Betrag oder – weil dabei oft sogar mehr herumkam – gegen eine freiwillige Spende erwerben konnten. Das Geld kam der Schulkasse zugute, aus der vor allem für Kinder, deren Eltern nicht so gut betucht wie andere waren, bei Schulfahrten Zuschüsse gezahlt wurden. Das Ganze hatte also einen sozialen Zweck, und so flossen die finanziellen Beiträge in die Kassen der ihre Waren anbietenden Kinder reichlich.

Der Nachteil bestand einzig darin, dass neben Geldscheinen auch eine Menge an Kleingeld in Gestalt von Pfennigen und Markstücken bei diesem merkantilen Unternehmen anfiel. Das eingenommene Geld lieferten die Kassenführer am Abend im Sekretariat der Schule ab, und dort häuften sich nicht nur Bündel von Banknoten, sondern auch Berge von Münzen. Natürlich durfte dieser Schatz nicht ungesichert in der Schule lagern. Immerhin hätte ein Dieb sich damit zwei bis drei Monate seinen Lebensunterhalt sichern können. Für die Scheine gab es Platz genug im Wandtresor der Schule. Aber wohin mit dem vielen Kleingeld? Der Direktor hielt es für das Beste, wenn ich den Münzsegen mit dem Auto zu mir nach Hause transportierte, um ihn dort über die Nacht bis zur Einzahlung bei der Kasse am nächsten Wochentag vor fremdem Zugriff zu sichern.

Also füllten wir das Kleingeld in zwei stabile Einkaufstaschen, welche ich am Abend zum Auto tragen wollte. Aber schon beim Anheben merkte ich, dass das gar nicht so einfach war. Nie hätte ich vorher geglaubt, welches Gewicht Münzen haben können, wenn sie zu größeren Haufen kumulieren. Ich musste mich anstrengen, die Taschen überhaupt in die Höhe zu wuchten, und so bewegte ich mich in kleinen Schritten mit meinen Lasten bis zum Auto, wo ich froh war, sie endlich in den Kofferraum fallen zu lassen.

Daheim beförderte ich die schweren Taschen zwar mithilfe einer kleinen Transportkarre ins Haus. Aber der Weg vom Sekretariat bis zum Auto hatte offensichtlich gereicht, mein Knochengerüst an irgendeiner Stelle aus dem Lot zu bringen. Ich hatte mich einfach am Geld verhoben!

Zu meinem Glück hatte diese Geschichte keine Langzeitfolgen. Mit einer Spritze, die mir der Arzt damals gezielt in die »verlängerte Wirbelsäule« setzte, war die schmerzhafte Angelegenheit schon nach kurzer Zeit behoben, und ich konnte bald wieder ohne Beschwerden meinem gewohnten Tagewerk nachgehen.

Mit dem Älterwerden ergaben sich aber auch bei mir Probleme mit dem Kreuz. Zwar schwanden die Rückenschmerzen, die ich nach dem Aufstehen am Morgen immer häufiger verspürte, nach einigen Reck- und Streckbewegungen schnell wieder. Aber meine Frau, die meine gymnastikähnlichen Verrenkungen natürlich registrierte, mahnte mich mehr und mehr, mich zwecks einer gründlichen Untersuchung in die Hände eines Orthopäden zu begeben. Ich war damals ungefähr Mitte der fünfzig, und wir wollten einen Urlaub in Montegrotto bei Padua verbringen, wo wir schon einige Male unsere Knochen in das heilsame Thermalwasser Oberitaliens getaucht hatten. Was lag näher, als den Aufenthalt dort dazu zu benutzen, nach ärztlicher Anweisung sich nicht nur dem Wasser, sondern auch dem Fango anzuvertrauen und obendrein durch Massage gesundheitliche Defizite nach Möglichkeit zu minimieren oder sogar zu beseitigen!

Also folgte ich dem Rat meiner Eheliebsten und meldete mich bei einem Orthopäden, der in der Stadt den Ruf großer Kennerschaft in seinem Fach genoss, für eine Untersuchung an. Als Privatpatient blieb mir eine lange Wartezeit selbstverständlich erspart, und so wurde mir auch eine Untersuchung seitens des Meisters zuteil, die vermutlich bei »Normalpatienten« weniger lange gedauert und den Einsatz des einen oder anderen medizinischen Hilfsgerätes vielleicht entbehrlich gemacht hätte.

Das Ergebnis dieser Untersuchung war für mich niederschmetternd. Der Orthopäde erklärte mir, ich sei sozusagen ein Krüppel, und das wohl von Kindheit an, weil eins meiner Beine kürzer war als das andere. Dabei hatten weder Untersuchungen während meiner Schulzeit noch die Musterung für den Militärdienst einen derartigen Mangel meines Körperbaus festgestellt. Ganz im Gegenteil! Man hatte mich schon mit sechzehn für voll kriegsverwendungsfähig erklärt und mit anderen Klassenkameraden zur Heimatflak einberufen.

Als erste Maßnahme gegen den registrierten Mangel verschrieb mir der Doktor ein Paar Ledereinlagen für die Schuhe, die nach seinen Angaben von einer orthopädischen Werkstatt anzufertigen waren.

Außerdem verschrieb er mir gegen Schmerzen im Kreuzbereich eine Fangokur für den bevorstehenden Italienaufenthalt. Aber auf keinen Fall sollte ich mich dort in die Hände eines Masseurs begeben. Das würde, so die Formulierung meines erfahrenen Orthopäden, nur schlafende Hunde wecken!

Die erste Enttäuschung über die Verordnung meines Arztes erlebte ich, als die orthopädische Werkstatt mir die maßgeschneiderten Einlagen ausgeliefert hatte. Da angeblich eins meiner Beine kürzer als das andere war, hätte es Sinn gemacht, durch eine Erhöhung der Einlage auf der defizitären Seite den Unterschied auszugleichen. Ich musste aber bei genauerer Betrachtung meiner Einlagen feststellen, dass sie sich – wenn auch spiegelverkehrt – glichen wie ein Ei dem anderen. Von einem Ausgleich, sofern er denn überhaupt nötig gewesen wäre, konnte nicht die Rede sein. Ich gewann den Eindruck, dass hier eine Art Arbeitsbeschaffungsmaßnahme ins Werk gesetzt worden war, bei der der medizinische Nutzen gegen null tendierte.

Ein noch größeres Aha-Erlebnis hatte ich nach der Rückkehr aus der Kur. In Italien war alles nach Plan abgelaufen. Die Fangopackungen erwiesen sich als erträglich, und ich hatte sogar das Empfinden, dass die mediterrane Pampe mit ihrer Wärme und den in ihr enthaltenen Wirkstoffen für meine maroden Knochen eine Wohltat waren. Nach Vorschrift des Arztes hatte ich um alle Massageangebote, so verlockend sie auch zu sein schienen, einen weiten Bogen gemacht. Wie erstaunt war ich aber, als der Mediziner mir bei der von ihm gewünschten Nachuntersuchung nach meiner Rückkehr als erste Maßnahme zehn Massagen verordnete, die ich der Einfachheit halber von einem Masseur verabreicht bekommen sollte, der eine Etage höher in einem zur Praxis gehörenden Bereich seinem Metier nachging. Ich schwieg zu dieser mir nun nachträglich zuteil gewordenen Wohltat, dachte mir aber meinen Teil …

Das ist nun schon eine lange Zeit her. Inzwischen habe ich weit die Mitte des achten Lebensjahrzehnts überschritten, und ich kann von Glück sagen, dass mir bis vor wenigen Jahren Medikamente sozusagen fremd waren. Von ein paar Aspirintabletten einmal abgesehen, die alle zwei bis drei Jahre bei irgendwelchen Schmerzen fällig wurden, und einigen Hustenbonbons bei gelegentlichen Erkältungen blieb mir der Gang zur Apotheke über Jahrzehnte erspart. Hätte man mich als Musterpatienten für statistische Erhebungen benutzt, die Pharmaindustrie wäre der Verzweiflung ob des drohenden Konkurses nahe gewesen.

Aber im Alter wird das anders. Auch ich nehme jetzt meine Tabletten hierfür und hiergegen. Die Knie entwickeln sich zu Problemzonen, weil nicht nur Arthrose die Gelenke knirschen lässt, sondern auch Arthritis Schmerzen bereitet. Die Hüftgelenke sind ausgeleiert und bedürfen der Auswechslung, und das Kreuz meldet sich nicht nur am Morgen mit Sticheleien. Man ist froh über jeden Tag, den man einigermaßen schmerzfrei übersteht, und beneidet jene, die mühelos treppauf, treppab eilen oder sogar beim Jogging weite Plätze im Laufschritt durchmessen. Man blickt ihnen nach, denkt an die Zeiten, in denen man noch Ähnliches ohne Mühe vollbrachte, und seufzt beim nächsten Stich im Rücken: »Es ist schon ein Kreuz mit dem Kreuz!«

Der große Wurf

Theodor Tschjortowitsch lag wie hingefällt und reglos fast eine Stunde lang in seinem Bett, ertrug geduldig die Quietschgeräusche der im Zehnminutentakt um die Ecke biegenden Straßenbahn und versuchte vorsichtig, aber eigentlich ohne entscheidende Willenskraft das Gedankengestöber zu lichten, das ihm den Kopf vernebelte. Ähnlich wie in seinem Gehirn sah es in seinem Zimmer aus. Seit er aus dem Tiefschlaf in einen Zustand zwischen Bewusstseinsdämmerung und Momenten heller Selbstorientierung gerutscht war, registrierte er diffuses Licht, das durch die Fenstervorhänge sickerte und sein Schlafgemach wie eine halbdunkle Besenkammer aussehen ließ.

Was war mit ihm los? Die bleierne Schläfrigkeit erlaubte ihm kein lineares Denken. Er gab sich einen inneren Ruck, und endlich gelang es ihm, sich in seinem Kissengebirge aufzusetzen und den Schleier aus den verplierten Augen zu reiben. Langsam wich die Benommenheit, die zuvor irrlichternden Gedanken gerieten in geordnete Bahnen, und so konnte Theodor seinen Zustand einem vernünftigen Koordinatensystem einpassen und Herr seiner selbst werden.

Ein Blick auf den Wecker neben seinem Bett verriet ihm, dass es schon spät war, viel zu spät, trotz größter Eile rechtzeitig zur Arbeitsstelle beim städtischen Bauordnungsamt zu kommen. Um diese Zeit saß er gewöhnlich schon zwanzig Minuten in der Straßenbahn und war drauf und dran, die Haltestelle am Hauptbahnhof zu erreichen, von wo es nur ein Katzensprung zu seiner Dienststelle war.

Theodor schrak hoch und wollte zum Telefon eilen, um seinem Vorgesetzten sein Ausbleiben mit irgendeiner Notlüge zu erklären, als ihm einfiel, dass es einer Ausrede gar nicht mehr bedurfte. Blitzartig ging ihm auf: Er war frei, er war nicht mehr eingebunden in Zeitvorgaben und Arbeitsfron, frei für eigene Tagesgestaltung, frei selbst für süßes Nichtstun und Müßiggang. Er war seit diesem Morgen Pensionär!

Erleichtert ob dieser Erkenntnis ließ sich Theodor in seine Plumeaus zurückfallen und genoss entspannt die Erholung von dem Schreck, den ihn die morgendliche Irritation eingejagt hatte. Nie mehr das nerventötende Gerassel des Weckers zu früher Stunde, der meist vergebliche Versuch, Frühstücksvorbereitung und Rasur zugleich vonstatten gehen zu lassen, vorbei das Hinunterschlingen der Marmeladenschnitte, das hastige Auslöffeln des Joghurtbechers, das zeitaufwendige Binden der Krawatte, die mal zu lang, mal zu kurz geriet, all das vorbei, vergessen …!

Theodor konnte das neue Glücksgefühl kaum fassen. So als brauchte er noch einmal eine Bestätigung dieses Beginns eines neuen Lebensabschnittes, stieg er aus dem Bett und ging im Pyjama und ohne Pantoffeln über den Korridor zur Wohnzimmertür. Ein Blick auf den Couchtisch, und er fand die gewünschte Vergewisserung in Gestalt einer hohen Kristallvase, in der zwei Strelitzien steckten. Seine Kollegen hatten ihm beides – Vase und Blumen – zu seinem Eintritt in den wohlverdienten Ruhestand bei der kleinen Verabschiedungsfeier im Bauordnungsamt tags zuvor geschenkt, und der dabei in mehr als gewohnter Menge genossene Alkohol war wohl auch der Grund dafür, dass er an diesem Morgen weit länger als üblich an der Matratze gehorcht hatte.

Theodor stellte sich im Korridor vor dem Wandspiegel mehrmals auf die Zehenspitzen, wippte dabei auf und ab und reckte die Arme nach oben, um zu testen, ob auch in seinem nunmehrigen Pensionärsdasein das frühmorgendliche Mittel nicht versagte: durch Strecken der Wirbelsäule den leichten Schmerz im Rückenbereich abzuschalten, der ihn seit mehreren Jahren an jedem Morgen daran erinnerte, dass er nicht mehr ein junger Hüpfer war, sondern eher ein angehender Grufti – wie die Jugend mitunter ziemlich respektlos alternde Menschen zu bezeichnen pflegte. Dankbar nahm er zur Kenntnis, dass auch diesmal die Übungen ihre Wirkung nicht verfehlten und er nach einer Minute seines morgendlichen Freiübungs-Minimalprogramms sich schmerzfrei fühlte.

Theodor hatte sich vor seiner Zurruhesetzung kaum Gedanken darüber gemacht, wie in Zukunft sein Tagesablauf sein würde. Eins aber wusste er genau: Soweit es irgendwie erlaubt war, wollte er sich nicht mehr dem Zwang unterwerfen, mit einem Schlips herumzulaufen. Das Ding engte ihm so sehr den Halsbereich ein, dass er diese stoffliche Einschränkung fast genauso sehr hasste wie Unterhosen, die infolge ausgeleierten Gummizuges heimtückisch beim Gehen zu rutschen begannen, die Fortbewegung behinderten und einen so lange peinigten, bis man auf einer Toilette sich des lästigen Kleidungsstückes entledigte. Auch die tägliche Rasur, eine absolute Notwendigkeit, seitdem er als Mitglied des werktätigen Bevölkererungsteils vor fast vierzig Jahren seinen Dienst bei seiner Behörde angetreten hatte, konnte von nun an entfallen. Es kam ihm in den Sinn, dass ihm vielleicht ein Dreitagebart gar nicht schlecht stehen würde, und selbst der Gang zum Friseur konnte nun um einige Wochen hinausgezögert werden. Seine Kegelbrüder, eigentlich die einzige Gruppe in seiner Privatumgebung, deren Urteil ihm etwas bedeutete, würde er trotz längerem Haupthaar und Stoppeln für sich einzunehmen wissen, und was andere außerhalb jener fidelen Gemeinschaft von ihm dachten, das war ihm schnurz und piepe.

Nachdem damit sozusagen die ersten Schritte ins Neuland seines Lebens gedanklich vorgegeben waren, ließ Theodor den Tag langsam angehen. Er frühstückte gemächlich, gönnte sich, was sonst nur an Sonn- und Feiertagen geschah, ein Vier-Minuten-Ei und ließ Rasur Rasur sein. Während er so vor sich hin kaute und in genüsslich langsamen Zügen den Kaffee schlürfte, ging ihm auf, dass er sich noch nicht darüber Gedanken gemacht hatte, wie sich seine finanzielle Situation in seinem Pensionärsdasein gestalten würde. Zwar brauchte er, so viel war sicher, in Zukunft nicht am Hungertuche zu nagen, aber als bisher nicht gerade fürstlich dotierter Beamter musste er von jetzt an doch mit Abstrichen bei seinem Monatsbudget rechnen und wahrscheinlich an dieser oder jener Stelle den Gürtel enger schnallen. An seinen Ess- und Trinkgewohnheiten, das stand für Theodor fest, wollte er festhalten und sich keineswegs einschränken. Auch die Miete, Beiträge für Krankenkasse, Versicherungsgebühren mussten pünktlich überwiesen werden. Selbst wenn er den Strom- und Wasserverbrauch zu drosseln versuchte: Einsparungen ergaben sich dadurch nur minimal, und die steigende Teuerungsrate war obendrein dazu angetan, solche Sparkalkulationen einfach über den Haufen zu werfen. Sein Kleiderschrank war eigentlich ausreichend bestückt, aber die eine oder andere Hose zeigte schon erhebliche Verschleißerscheinungen, und auch der Kragen an diesem oder jenem Hemd wirkte durchgescheuert, von glatt polierten Stellen an den Ärmeln seiner Jacken, Auswirkungen der Abriebskräfte beim Aufstützen am Schreibtisch, ganz zu schweigen. Nein, auch hier gab es kaum ein Sparpotenzial! Blieb eigentlich nur der Bereich Freizeit-Kultur als mögliches Feld, auf dem einige Euros zurückgehalten werden konnten – zu wenig, das fühlte Theodor deutlich, um das Loch zu stopfen, welches der Wechsel von der Normalentlohnung zur Pensionärskasse aufreißen würde.

Als Folge dieses gespürten Einbruchs blieb Theodor fast der letzte Happen seines Marmeladenbrotes, das er gerade gegessen hatte, im Munde stecken. Wie sollte es mit ihm weitergehen? Waren unabsehbare Einschränkungen, Verzicht auf lieb gewordene Gewohnheiten der Preis für die gewonnenen neuen

Freiheiten? Irgendwie, das spürte er intensiv, lag das nicht in seinem Planungshorizont. Es musste etwas geschehen, nur was, darüber konnte er im Augenblick nicht befinden. Also schlürfte er seinen Kaffee zu Ende und verschob Entscheidungen in jener Richtung auf später.

Es vergingen einige Tage, in denen Theodor Tschjortowitsch so gut wie nichts tat. Er gewöhnte sich einfach an einen neuen Lebensrhythmus, in dem der Begriff »Arbeit« möglichst ausgespart blieb. Er wurschtelte so vor sich hin, las ohne großes Interesse täglich seinen »Städtischen General-Anzeiger« und verließ die Wohnung nur, wenn er merkte, dass es nötig war, im nahen Supermarkt Nachschub für seinen Kühlschrank oder die Brottrommel zu holen. An Backen und Kinn spross ihm mehr und mehr ein grau-weißer Streifen stoppliger Haare, nicht gerade eine Zierde für sein Äußeres, aber da Theodor es bequem fand, sich nicht rasieren zu müssen, ging er gegen diesen Wildwuchs nicht vor.

Eine Unterbrechung erfuhr diese Eingewöhnungsphase in seinen neuen Lebensstil nur einmal beim nächsten Kegelabend im Keller der Gastwirtschaft »Zum Fass«, wo sein Klub seit fünfzehn Jahren sozusagen Heimrechte genoss. Die Kegelbrüder nahmen Theodors Stoppelbart zwar mit leichtem Spott, aber ansonsten wohlwollend zur Kenntnis, und der Unrasierte musste von seinem Leben als Pensionär berichten, was ihm einiges Unbehagen bereitete, weil es eigentlich gar nichts mitzuteilen gab. Im Gegensatz zu früher, wo Theodor im Kreis seiner »Spielgefährten« eine große Lockerheit an den Tag legte, die seine Kollegen im Amt gerade bei ihm oft vermisst hatten, wollte diesmal bei ihm keine rechte Stimmung aufkommen. Je lauter die anderen herumalberten und bei besonderen Treffern wie »Alle Neune« oder »Naturkranz« vor Munterkeit fast aus dem Häuschen gerieten, desto tiefer sank Theodors Befindlichkeits-Quecksilbersäule.

Kein Wunder, dass so etwas nicht ohne Auswirkung auf seine Treffsicherheit blieb! Würfe »In die Vollen« oder auf randständige Figuren wie die Bauern gelangen ihm immer weniger gut. Er, der als Spezialist unter seinen Kegelbrüdern galt, wenn es darum ging, alle Kegel umzulegen, dabei aber den König stehen zu lassen, versagte an diesem Abend mehr und mehr, und als er gar einige »Pudel« warf, was im Keglerdeutsch so viel wie eine Kugel in die »Kalle« neben die Bahn statt auf dieser selbst zu platzieren bedeutet, sah er sich sogar einer gewissen Häme ausgesetzt und brach seinen Abendsport unter einem Vorwand vorzeitig ab.

Daheim sann er über die Gründe seines Versagens nach, und er kam zu dem Schluss, dass die Pensionierung mit ihren »Segnungen« ihm letztlich doch nicht das große Glück bescheren würde, von dem er früher vielleicht einmal geträumt hatte. Er fühlte sich irgendwie überflüssig, und in seiner Fantasie malte er sich die Schrumpfung seines Salärs bedrohlicher aus, als es der Wirklichkeit entsprach.

Es überkam ihn der Gedanke, schon sein Start ins Leben vor fünfundsechzig Jahren sei nicht gerade verheißungsvoll gewesen. Als Junge hatte er sich über seinen fremdländisch klingenden Namen keine Gedanken gemacht, ein Erbteil eines in der Napoleonzeit bei einer deutschen Blondine hängen gebliebenen Kosaken, der zu seinen Urgroßvätern zählte. Aber als ihm ein Lehrer, der offenbar in der russischen Sprache bewandert war, bei einem Streich erklärte, was könne man schon von einem Jungen Gutes erwarten, der Tschjortowitsch heiße, und er daraufhin bei seinen Eltern eine Erklärung für diese Andeutung einforderte, wurde ihm klar, dass »Teufelssohn« nicht gerade als eine günstige Voraussetzung für sein Leben gelten mochte. Zwar hatte seine Mutter die Sache abzumildern versucht, indem sie bei der Auswahl seines Vornamens darauf bestand, den Neugeborenen Theodor, also »Gottesgabe«, zu nennen, um so sozusagen dem diabolischen Teil einen positiven Aspekt entgegenzusetzen, aber Theodor hatte zumindest jetzt das Gefühl, der Teufel hätte über den lieben Gott bei seiner persönlichen Entwicklung die Oberhand gewonnen.

Theodor nahm sich vor, seinem Leben einen Dreh zu geben, um zumindest in finanzieller Hinsicht nicht schlechter dazustehen als vor der Pensionierung. Bei einem Glas Rotwein, das er sich angesichts seiner vermeintlichen Misere nur mit schlechtem Gewissen gönnte, überdachte er am folgenden Abend an seinem Schreibtisch Möglichkeiten, dem Übel abzuhelfen. Als Hilfe zu seinem Vorhaben hatte er auf den Kopf eines leeren Blattes »Wie komme ich schnell und ohne größeren Aufwand zu mehr Geld?« geschrieben, hoffend, dass der Satz vor seinen Augen seine Fantasie beflügeln werde. In seinem Alter noch mit dem Gedanken zu spielen, als Fernsehstar, Fußballspieler in der Bundesliga oder Popsänger Karriere zu machen, verbot sich von selbst. Aber gab es nicht die Möglichkeit, als Mitglied der schreibenden Zunft einen Bestseller zu produzieren und damit schnell reich zu werden? Zwar wurde Jahr für Jahr, dessen war sich Theodor wohl bewusst, immer mehr Papier von immer zahlreicheren Menschen beschrieben und bedruckt, die schriftstellerisch erfolgreich sein wollten, und es war ihm auch klar, dass die schier unüberblickbaren Mengen an Biografien, oft persönliche Nabelschauen schlimmster Qualität, an Romanversuchen, lyrischen Ergüssen jeglicher Sorte und mehr oder auch weniger geistreichen Essays in den seltensten Fällen ein Produkt bargen, das sich als Renner auf dem Büchermarkt erwies, aber nichtsdestotrotz glaubte er sich zutrauen zu dürfen, in der oberen Spitze mitzuhalten, da er schon in der Schule durch flüssigen Schreibstil sowie Gedankenreichtum bei Klassenarbeiten aufgefallen und zudem im Amt sehr häufig gedrängt worden war, zu irgendwelchen Anlässen Gedichte zu produzieren, weil man wusste, dass ihm das Verseschmieden leicht von der Hand ging. Theodor versuchte planmäßig vorzugehen. Lyrik, das war bekannt, warf in den seltensten Fällen einen größeren Gewinn ab. Den Schreibern von Erzählungen war mitunter schon Erfolg beschieden, aber auch sie wurden oft in der Autorenschaft nur unter »ferner liefen« gehandelt. Nein, der große Wurf, wenn es denn einer war, blieb in der Regel Romanautoren vorbehalten.

Aber wie musste ein solches Werk verfasst werden, damit die Leserwelt gierig nach ihm griff? Theodor wusste, dass dazu eine ausgefallene Idee eine unabdingbare Voraussetzung war, dazu ein besonderer, aber dennoch eingängiger Stil, und wenn sich dann noch ein Verleger fand, der die Werbetrommel richtig zu schlagen verstand, war der Erfolg fast schon vorhersehbar.

Es gab genügend Beispiele für Plots mit – bei Licht und mit normalem Menschenverstand betrachtet – unmöglichen literarischen Figuren, die ein skurriles, aber ihren Schöpfern zuweilen viel Geld in die Tasche spülendes Leben führten. Schon in der Antike tat sich ein gewisser Apuleius hervor, dessen in einen Esel verwandelter »Held« die tollsten Liebesabenteuer mit einer Herrin hatte, welche nicht genug von seiner animalischen Zeugungskraft zu bekommen schien! Es gab im »wunderbarlichen Vogelnest« den grimmelshausenschen Beobachter, der – selbst unsichtbar – allerlei erotische Eskapaden um sich herum wahrzunehmen verstand; ein Ritter namens Don Quichotte ritt, um seiner geliebten Dulzinea zu imponieren, allen Ernstes mit seiner Lanze gegen Windmühlenflügel; ein Peter Schlemihl lief schattenlos durch seine Zeit; ein verdreckter französischer Lausebengel wurde mit einem einzigartigen Riechorgan ausgestattet, und schon faszinierte er als genialer Parfumeur Millionen von Leser, dem man anscheinend selbst das Abmurksen von Mädchen auf der Jagd nach dem besonderen Duft zu verzeihen bereit war. Theodor fiel auch ein kaschubischstämmiger

Junge ein, der beschlossen hatte, nicht viel größer als ein Liliputaner zu werden, auf eine Blechtrommel eindrosch, mit schrillen Schreien Glas zum Zersplittern brachte und nicht unwesentlich dazu beigetragen hatte, dass sein Erfinder zu nobelpreislichen Ehren gelangte. Die Zahl der Abnormitäten bei ersonnenen Figuren schien so groß, dass es Mühe machen würde, etwas zu finden, was noch nicht literarisch ausgeschlachtet worden war.

Theodor wischte sich Schweißperlen von der Stirn, die sich infolge intensiven Nachdenkens gebildet hatten, tröstete sich mit einigen weiteren Gläsern Rotwein über den geringen Erfolg seiner Überlegungen hinweg und beschloss, erst einmal Tage vergehen zu lassen, ehe er einen erneuten Anlauf zu seiner großen Karriere nehmen würde. Als er auf dem Weg ins Bett an seinem Flurspiegel vorbeischlich und mehr zufällig als gezielt einen Blick hineinwarf, entdeckte er darin ein ziemlich zerknirscht wirkendes Antlitz mit wirr in die Höhe ragenden Haupt- und struppigen, weiß-grau schimmernden Barthaaren, ein Bild, das ihm noch vor wenigen Wochen einen teuflischen Schrecken eingejagt hätte. Jetzt aber nahm er es, wohl auch, weil der reichlich genossene Rotwein den klaren Blick trübte, nur mit einem Achselzucken zur Kenntnis und trottete weiter in Richtung seines Schlafgemachs.

Der nächste Tag schien seinem Innenleben Hohn zu spotten: Von einem makellosen Himmel strahlte die Sonne in güldener Pracht auf die Stadt herab, schien alle Trübsal wegzuzaubern und war eigentlich ganz dazu angetan, die Herzen und Sinne mit Optimismus zu füllen. Allein Theodor verspürte nichts von solcher Wirkung. Am liebsten hätte er sich erst gar nicht aus seinem Bett- und Kissengebirge erhoben und den lieben langen Tag wie einst einer seiner literarischen Lieblingsgestalten, ein gewisser Oblomov, auf seiner Liegestätte verbracht. Aber da ihm am Abend zuvor in seinem Kühlschrank eine unübersehbare Leere Sorgen zu bereiten begonnen hatte, entschloss er sich, einen Gang in die Stadt zu machen, um das Nötigste an Nachschub für seine eigene Verpflegung zu besorgen.

Vorsorglich hatte sich Theodor seinen Schlapphut auf das inzwischen schon viel zu lange, wenn auch am Scheitel stark gelichtete Haar gestülpt, weil er fürchtete, die schon am Vormittag unerbittlich sengende Sonne könnte ihm sonst die Kopfhaut verbrennen. Ärgerlich fand er, einen Rock für den Weg in die Stadt angelegt zu haben. Die beginnende Gluthitze kroch ihm unter dem Jackenstoff den Rücken empor, und sein Oberhemd glich mehr und mehr einer nassen Hülle, die zu lüften Theodor immer stärkere Lust zu spüren begann.

Als er die nötigsten Lebensmittel gekauft und in Plastiktaschen verstaut hatte, empfand er das dringende Bedürfnis, sich einen schattigen Platz zu suchen und sich Erleichterung von der Hitze zu verschaffen. Also begab er sich zu dem in der Nähe gelegenen Kirchenvorplatz, dessen große Buchen reichlich Schatten spendeten und somit Abkühlung versprachen. Die zum Kircheneingang führende niedrige

Abgrenzungsmauer bot zudem Gelegenheit, sich auf ihr niederzulassen und eine Verschnaufpause einzulegen. Theodor empfand es nicht als unschicklich, sich seines Rockes zu entledigen, obwohl die nun sichtbaren Hosenträger vor dem Hintergrund des nass geschwitzten Hemdes alles andere als ansehnlich waren. Neben seine Jacke legte er seinen Schlapphut auf die Mauer und nahm selbst Platz, um sich eine Viertelstunde auszuruhen.

Während er so saß und eigentlich an nichts dachte, fiel ihm auf, dass an der Straßenfront der Kirche mehr Autos als gewöhnlich parkten, und auch Orgeltöne, die aus dem Kircheninneren an sein Ohr drangen, schienen darauf hinzuweisen, dass eine gottesdienstliche Handlung dort gerade vonstatten ging. Eigentlich hatte er sich just mit dieser Kirche noch nie näher befasst, und so ließ er seinen Blick zumindest über die Fassade gleiten, um sich davon ein Bild zu machen. Dabei fiel ihm eine Wandmalerei auf, die er bislang noch nie bemerkt hatte, weil die hohen Bäume sie zur Straße hin verdeckten. Das Bild stellte offenbar den Erzengel Michael dar, der gerade dabei war, dem Drachen den Garaus zu machen. Theodor entsann sich jetzt auch des Namens jenes Gotteshauses. Was hätte nähergelegen, als die Fassade einer Michaelskirche mit dessen Konterfei zu schmücken! Aber bei genauerem Hinsehen entdeckte er einen Konstruktionsfehler an dem himmlischen Heros: Der streitbare Engel hätte sich nie in die Lüfte erheben können, denn derjenige Künstler oder Handwerker, der ihn auf der Wand platziert hatte, verstand offenbar wenig von aeronautischen Gesetzen. Viel zu klein waren die Flügel geraten, als dass sie auch nur annähernd einem so großen Burschen wie diesem Michael hätten Auftrieb geben können!

Theodor war noch mit dem Gedanken beschäftigt, welche Ausmaße die engelischen Flügel wohl haben müssten, damit von den Fluggesetzen her ein Start in den Äther möglich wäre, als sich plötzlich die beiden Flügel der Kirchentür öffneten, ein großer Schwall kräftigster Orgelmusik nach draußen drang und eine stattliche Zahl an Kirchenbesuchern ins Freie strömte. Theodor bemerkte, dass es sich um eine Hochzeitsgesellschaft handelte, die da geräuschvoll und lebhaft das Brautpaar umlagerte und allerlei Glück- und Segenswünsche den Jungvermählten in verschiedenster Weise übermittelte. Erst nach geraumer Zeit löste sich der Pulk vor dem Kircheneingang auf, und kleinere Gruppen oder Einzelpersonen strebten den Autos zu, mit denen man offenbar zu weiterem Beisammensein aufzubrechen gedachte.

Es blieb nicht aus, dass viele auf dem Weg zu ihren Fahrzeugen an dem auf dem Mäuerchen hockenden Theodor vorbeimussten. Dem Armen war es peinlich, dass er nicht rechtzeitig vor dem Ansturm der Hochzeitsgäste seinen Platz geräumt hatte. Unrasiert, ungekämmt und äußerst verschwitzt saß er nun auf der steinernen Einfassung des Kirchenweges und blickte verlegen zur Seite. Aber gerade sein clochardhaftes Aussehen musste die muntere Gesellschaft in Geberlaune versetzt und zu Großzügigkeit angetrieben haben, denn plötzlich fielen haufenweise Münzen und sogar Geldscheine in den Schlapphut, den Theodor zwecks Ausdünstung mit der Öffnung nach oben neben sich und seine Jacke auf die niedrige Mauer gelegt hatte. Zum Einspruch und zur Abwehr des Geldsegens war es zu spät. Die spendablen Hochzeitsgäste zogen schnell ihres Weges, und Theodor konnte nur noch verdutzt und peinlich berührt von dem falschen Schein, den er offenbar erweckt hatte, ihnen hinterhersehen.

Nachdem der größte Schreck verflogen war, wagte es Theodor, den Inhalt seines Schlapphutes näher zu betrachten. Die Ausbeute war beträchtlich, wenn man berücksichtigte, dass die Aktion nur knapp mehr als eine Minute gedauert hatte. Und sogar »der große Wurf« fand sich in Form eines Zwanzigers unter den Geldscheinen, vielleicht die großzügige Gabe des Vaters der Braut, der womöglich auf diese Weise dem Schicksal danken wollte, dass er seine Tochter günstig »an den Mann« gebracht hatte.

Theodor rechnete den Inhalt seiner Kopfbedeckung überschlägig zusammen und kam zu dem Ergebnis, dass er mit dem unerwarteten Geldsegen gut und gerne eine halbe Woche bequem würde leben können. Wäre es nicht von großem Vorteil, so fiel ihm ein, die »Bettlertour« für sich zu einer Dauereinrichtung zu machen? Hochzeiten gab es in der Stadt sicher mehrere pro Woche. Man müsste nur die Trauungstermine und die Kirchen ausbaldowern, um gezielt mithilfe der Mitleidstour das Monatssalär stattlich aufstocken zu können. Einen Augenblick lang schwebte Theodor auf rosigen Hoffnungswolken. Aber die Wirklichkeit holte ihn bald wieder ein, denn er war Realist genug, zu erkennen, dass erstens nicht bei allen Hochzeiten die Gäste die Spendierhosen anhatten und zweitens die Stadt nicht groß genug war, als dass er nicht Gefahr gelaufen wäre, irgendwann einem Bekannten in seinem »Clochardlook« zu begegnen und so sein Tun entlarvt würde. Also verwarf er den Plan mit Bedauern und kehrte, immer noch unter der Hitze leidend und möglichst den Häuserschatten ausnutzend, zu seiner Wohnung zurück.

Theodors depressiver Zustand hielt auch in den nächsten Tagen an. Hinzu kam, dass ein Zahn zu schmerzen anfing und ihn nachts kaum noch schlafen ließ. So entschloss er sich, seinen Zahnarzt aufzusuchen, dem er mindestens zwei Jahre aus dem Weg hatte gehen können. Zahnarztbesuche standen nicht auf der Liste seiner Präferenzen, aber er spürte jetzt im übelsten Sinne des Wortes, dass der Gang zum »Zahnklempner« unvermeidbar war.

Aber konnte er so, wie er jetzt aussah, allen Ernstes in der Praxis des Mediziners erscheinen, ohne dass dieser ihn für einen Fremden hielt oder andere Patienten im Wartezimmer die Nase über ihn rümpften und vielleicht auf den nächstfreien Stuhl rutschten, um möglichst Abstand von ihm zu halten? Nein, er wollte nicht als Zumutung empfunden werden, und obwohl es ihm in der Seele leid tat, entfernte er mit Rasierapparat und Schere den Wildwuchs in seinem Gesicht, stutzte die Haupthaare auf Normalmaß zurück und duschte ausgiebig, um mit dem Gefühl, jetzt wieder fast der Alte zu sein, den Weg zum Zahnarzt anzutreten.

Sogar eine Krawatte hatte Theodor passend zu einem gut gebügelten Hemd ausgesucht und sie sich, wenn auch mit Wehmut nach Wochen der schlipslosen Zeit, um den Hals gelegt. Solchermaßen ausstaffiert, trat er an den Empfangsschalter der Zahnarztpraxis und wurde sogleich von der freundlichen Sprechstundenhilfe, welche einen großen Karteikasten vor sich stehen hatte, mit Namen begrüßt, obwohl er, wie gesagt, seit geraumer Zeit nicht seinen Fuß über die

Schwelle der Praxis gesetzt hatte. Mit sicherem Griff fischte sie seine Datenkarte aus dem Kasten und bat ihn, im Wartezimmer Platz zu nehmen, bis sie ihn zwecks Diagnose seiner oralen Unpässlichkeit in das Sprechzimmer rufen würde.

Theodor wunderte sich, dass fast alle Stühle besetzt waren, und er fand sich schließlich auf dem letzten neben der Tür und dem Garderobenständer wieder. Alle Mitpatienten hatten sich in Zeitschriften, die haufenweise herumlagen, vertieft oder blickten gedankenversunken vor sich hin. Niemand sprach ein Wort, und selbst ein kleines Mädchen, das die Mutter zum Zahnarzt begleitete, wagte nur im Flüsterton mit jener zu kommunizieren.

Theodor überlegte gerade, ob er sich auch eine Zeitschrift zwecks Überbrückung der Wartezeit von dem niedrigen Tisch in der Mitte angeln sollte, als die Tür zum Wartezimmer aufging und eine zur Fülle neigende Dame auf zwei Krücken hereinzuhumpeln versuchte. Ein Bein war in Gips verpackt, und das machte plausibel, warum sie sich nur mithilfe der Stützen fortbewegen konnte. Theodor sprang auf und öffnete die Tür so weit, dass die Frau – sie mochte etwa seinem Jahrgang angehören – möglichst ohne Mühe in das Wartezimmer gelangen konnte. Ein freundliches Kopfnicken dankte ihm, und als er der Dame auch noch seinen Stuhl anbot, hatte er in ihren Augen das Maß der Freundlichkeit vollgemacht. Sie bedankte sich herzlich für sein Entgegenkommen, brauchte es aber nicht, denn sie hatte ihren Besuch beim Doktor gerade hinter sich und benötigte nur noch ihren leichten Sommermantel von der Garderobe, um den Heimweg antreten zu können. Da Theodor sich ohnehin neben dem Garderobenständer befand, griff er nach dem Mantel, den ihm die Dame bezeichnete, und bemühte sich, ihr in die Ärmel hineinzuhelfen, was wegen der Krücken, welche jeweils kurz abgestellt werden mussten, nicht ganz einfach war. Ein strahlendes Lächeln war diesmal der Dank für seine Hilfe, und als er hinter ihr die Tür wieder schloss, blickten einige der Anwesenden etwas spöttisch über ihre Zeitungsränder zu ihm hin, als wäre er in seiner Höflichkeit zu weit gegangen. Andere hingegen, vor allem Frauen in der Runde der Wartenden, schienen ihm eher Beifall zu zollen, so als wollten sie ihm signalisieren, sie sähen in ihm so etwas wie den letzten Kavalier.

Als Theodor endlich in das Behandlungszimmer des Zahnarztes gerufen wurde, machte jener mit ihm kurzen Prozess. Es genügte ein Blick in den Mund des Patienten, und der Mediziner wusste: Gegen die Zahnfistel hilft ein beherzter Schnitt und etwas Desinfektionslösung. Theodor überstand die Prozedur tapfer und war froh, dass nicht noch weitere Besuche in der Praxis in absehbarer Zeit vonnöten sein würden. Er wunderte sich allerdings über die freundliche Sprechstundenhilfe an der Rezeption. Diese verabschiedete ihn mit mehr als den üblichen Floskeln und ließ durchblicken, er werde wahrscheinlich demnächst eine kleine Überraschung erleben. Theodor wusste sich darauf keinen Reim zu machen. War etwas doch mit seinen Zähnen nicht in Ordnung?

Hatte ihm der Arzt etwas verschwiegen? Verwirrt über die seltsame Andeutung machte er sich auf den Heimweg und rätselte noch Tage danach, was die Sprechstundenhilfe wohl gemeint haben könnte.

Es dauerte gut vierzehn Tage, bis er eine Erklärung für jene Andeutung sozusagen mit Händen greifen konnte. Unter einem großen Berg »Reklamemüll« in seinem Briefkasten fand sich ein länglicher Brief, der in auffallend schöner Schrift an ihn adressiert war. Der Absender verriet sich nur andeutungsweise auf dem Umschlag, denn statt eines Namens fanden sich neben der Straßen- und Ortsbezeichnung nur die Großbuchstaben C. V., Abkürzungen, die Theodor nicht zu deuten wusste. Kopfschüttelnd begab er sich in seine Wohnung, griff zu einem Messer und öffnete das Kuvert. Ein gefalteter Büttenpapierbogen kam zum Vorschein, auf dem eine Frauenhand – das erkannte Theodor sofort – nur eine Seite beschrieben hatte, diese aber in der schönen Schrift, die ihm schon bei der Adresse aufgefallen war.

Theodor überflog den Inhalt, und dabei wurde ihm klar, dass hier so etwas wie eine Einladung zu einem Stelldichein ins Haus geflattert war. Der Grund für die Einladung lag in seinem Verhalten im Wartezimmer seines Zahnarztes. Die Dame – er erinnerte sich noch gut an das frische Gesicht und die rundliche Figur – teilte ihm ohne Umschweife mit, er sei ihr mit seiner chevaleresken Art, die Hilfsbereitschaft und Zurückhaltung in vorbildlicher Weise vereinte, vom ersten Augenblick an sympathisch gewesen. Daher habe sie, die schon lange nach einem Partner

Ausschau halte, der mit ihr schöne Dinge des Lebens gemeinsam zu genießen bereit sei, kurzerhand die Sprechstundenhilfe um Auskunft gebeten, wer der nette Herr an der Tür im Wartezimmer sei, der sich so entgegenkommend gezeigt habe. Die Anschrift, das müsse sie gestehen, habe sie der jungen Frau nur mit großer Überredungskunst entlocken können, und sie bitte herzlich darum, jener nicht einen Fehler anzulasten, falls ihm, dem Herrn Theodor Tschjortowitsch, das Schreiben, das er nun in der Hand halte, nicht genehm sei.

Sollte er sich aber vorstellen können – und sie habe im Zuge ihrer Recherchen erfahren, dass er alleinstehend sei –, sein Singeldasein zu einer nicht verpflichtenden, aber für beide Seiten durchaus angenehmen Zweisamkeit zu verändern, schlage sie vor, sich in absehbarer Zeit einmal zu treffen, um sich bei einer Tasse Tee – vielleicht auf »neutralem Gelände« im städtischen Schlosscafé – in Ruhe über ihr Ansinnen zu unterhalten. Die Absenderin nannte sich Christiane Valander, und sie hatte den Brief mit freundlichen Grüßen und der Hoffnung geschlossen, dem Empfänger nichts Unbilliges zuzumuten.

Theodor brauchte geraume Zeit, den Inhalt des Briefes gedanklich zu verarbeiten. Sollte er, der Hagestolz, den in seiner Jugend eine Liebe so enttäuscht hatte, dass er damals beschloss, sein weiteres Leben ohne weibliche Bekanntschaft zu führen, und der seinem Beschluss auch treu geblieben war, nun eine völlige Kehrtwendung machen? Wäre es für ihn nicht höchst gefährlich, sich auf etwas Derartiges wie das im Brief Angedachte einzulassen? Der Arme befand sich plötzlich wieder in einem Zustand höchster Verunsicherung. Da gab es auf der einen Seite die Bedenken, seine Unabhängigkeit und alte Gewohnheiten aufs Spiel zu setzen.

Andererseits hatte sich mit seinem Eintritt ins Rentenalter, das hatten ihm die letzten Wochen zur Genüge gezeigt, ohnehin vieles an seiner gewohnten Lebensweise geändert, und vielleicht wäre so etwas wie ein neuer Anfang sogar eine neue Chance, auch wenn er fürchtete, viel zu wenig von weiblicher Psyche und femininen Vorstellungen und Wünschen zu verstehen, um im Umgang mit dem anderen Geschlecht erfolgreich bestehen zu können. Theodor rang mehrere Tage lang mit sich in dieser pikanten Frage, ohne sich entscheiden zu können.

Den Ausschlag gab schließlich die Überlegung, eine partnerschaftliche Beziehung, welche Formen sie auch immer letztlich annehmen würde, könnte für beide Seiten finanziell von Vorteil sein, und im Bewusstsein seines als desolat empfundenen pekuniären Zustands entschloss sich Theodor zu einer positiven Antwort.

Obwohl es ihm an der Fähigkeit, einen Brief raffiniert zu formulieren, nicht fehlte, hielt er es für ratsam, sich nicht poetisch zu geben, sondern sein Antwortschreiben nüchtern zu halten, um von vornherein den Eindruck von Sachlichkeit in dieser Angelegenheit der Empfängerin zu vermitteln und zu große Hoffnungen zu dämpfen. Er sei, so teilte er ihr mit, durchaus zu einem Treffen bereit, wisse aber noch nicht so recht, ob sie, Christiane Valander, mit ihm eine gute Wahl getroffen hätte, denn er könne zwar höflich sein, aber ob er auch der ideale Partner für sie wäre, das müsse sich erst noch zeigen. Wenn es ihr recht sei, könnten sie sich an der von ihr bezeichneten Stelle am nächsten Samstag um 16 Uhr zum Tee treffen. Er werde sich, sollte er nichts anderes von ihr hören, dort einfinden.

Kaum hatte Theodor den Brief abgeschickt, bekam er Angst vor seiner eigenen Courage. Worauf hatte er sich da eingelassen? Nicht auszudenken, wenn das Unternehmen mit einem Desaster enden würde! Aber nun war es zu spät zum »Kneifen«. Theodor musste sich der Realität stellen.

Am vereinbarten Samstag fuhr Theodor – wieder gut rasiert und unauffällig, aber nicht geschmacklos, gekleidet und sogar »beschlipst« – mit der Straßenbahn in die Vorstadt hinaus, wo das Schlosscafé von einer Anhöhe über die große Häuserfläche der Innenstadt hinweg bis zum Horizont einen weiten Ausblick bot. Als er auf die Terrasse trat, die mit kleinen Tischen, Stühlen und Sonnenschirmen zum Sitzen im Freien einlud, entschloss er sich, dort Platz zu nehmen und der Dinge zu harren, die auf ihn zukommen würden.

Er brauchte nicht lange zu warten. In einem hellen Kostüm und ohne Stützkrücken kam Christiane Valander die Treppe emporgeschritten, und man merkte kaum, dass sie noch vor kurzer Zeit sich jener Gehhilfen hatte bedienen müssen. Sobald sie Theodor erblickte, ging sie auf ihn zu, und jener übersah nicht das Strahlen in ihrem Gesicht, das Freude über das Wiedersehen ausdrückte. Theodor erhob sich, und als sie ihm ihre Rechte zum Gruß reichte, machte er die Andeutung eines Handkusses, wobei ihm sogleich einfiel, dass solches unter freiem Himmel nicht unbedingt als feines Benehmen gewertet wird. Aber die solchermaßen Hofierte empfand Theodors Begrüßung nicht als Fauxpas. Im Gegenteil, ihr Lächeln signalisierte ihm: Das gefällt mir!

Man setzte sich, bestellte den Tee und plauderte ungezwungen, was angesichts der doch erst einige Minuten lang währenden Bekanntschaft fast schon sonderbar schien. Theodor spürte eine Offenheit, wie er sie nicht vermutet hätte. Sie habe eine glückliche Ehe geführt, berichtete ihm seine Gesprächspartnerin. Seit dem Tod ihres Mannes vor fast einem Jahrzehnt aber fühle sie sich mehr und mehr vereinsamt und wünsche sich einen Menschen an ihrer Seite oder zumindest in ihrer Nähe, dem sie vertrauen könne und der ihr Zuneigung entgegenbringe. Selbst nur gelegentliche männliche Begleitung auf Reisen oder bei Theater- und Konzertbesuchen könne schon sehr hilfreich sein.

Theodor spürte, wie ihm angesichts dieser unkomplizierten, fraulichen Art, zu reden und sich zu geben, sein Herz aufging. Noch nie war ihm ein weibliches Wesen begegnet, das so offenherzig und charmant zugleich zu sein schien. Und so begann er seinerseits von seinem bisherigen Leben zu berichten, dabei einflechtend, dass es eigentlich ziemlich gradlinig, wenn nicht sogar einförmig verlaufen sei

und er erst jetzt, mit der Pensionierung, so etwas wie
einen Bruch erlebt habe.

Bei dem Geplauder verging den beiden die Zeit wie
im Fluge, und als sie bemerkten, dass sie schon mehr
als zwei Stunden zusammensaßen, Stunden, die ihnen wie Minuten vorgekommen waren, und das Personal im Hintergrund diskret, aber doch unüberhörbar daranging, die Tische im großen Raum hinter der
Terrasse für das Abendessen einzudecken, war der
Augenblick gekommen, an den Aufbruch zu denken.
Theodor hielt es für angebracht, die Rechnung von
der Bedienerin zu fordern und dabei als Kavalier den
Kostenanteil seiner Tischpartnerin zu übernehmen,
eine Geste, welche Christiane Valander zu schätzen
schien, da sie sich freundlich bedankte und ihren
Dank mit jenem Strahlen im Gesicht begleitete, das
Theodor schon mehrmals an ihr bemerkt hatte.

Beim gemeinsamen Hinabschreiten der Terrassen-
treppe zur Straße wagte es der sich inzwischen schon
fast als Herzensbrecher fühlende Theodor sogar, der
Dame Hilfe zu geben, indem er vorsichtig ihren
Arm stützte, wobei er sein Tun vorsichtshalber mit
dem Hinweis absicherte, er habe sie ja vor wenigen
Wochen noch mit Krücken laufen sehen und wolle
nicht, dass sie auf der etwas unebenen Steintreppe
zu Fall komme. Er spürte keinen Widerstand, und
so stiegen sie im Gleichschritt – oder besser gesagt:
im Gleichklang – abwärts.

Am Ende der Treppe wollte Theodor seinen Arm
vorsichtig von dem seiner Partnerin lösen. Sie aber
legte ihre freie Hand auf seine rechte, die ihren lin-

ken Arm stützte, und hielt sie einfach fest. Theodor wagte nicht, sich diesem sanften Zugriff zu entziehen, und als sie sich ihrerseits bei ihm unterhakte und zusammen mit ihm den Bürgersteig entlang in eine Richtung strebte, ließ er sich, überrascht von dieser weiblichen Eigenwilligkeit, aber doch nicht widerstrebend, führen. Wohin, das war ihm unklar. Nur so viel war sicher: es ging nicht in Richtung Straßenbahnhaltestelle.

Christiane Valander schien Theodors Folgsamkeit sehr zu gefallen. Sie sagte nichts, sah ihn aber spitzbübisch schmunzelnd an, so als halte sie noch eine Überraschung für ihn bereit. Und in der Tat. Theodor war perplex, als seine Partnerin vor einem eleganten Porsche haltmachte, der am Straßenrand parkte, dessen Beifahrertür öffnete und ihn mit einer Handbewegung zum Einsteigen einlud. Sie wolle, so Christianes Erklärung, ihm die Heimfahrt in der Straßenbahn ersparen und ihn zu seiner Wohnung kutschieren. Wenn er aber noch etwas Zeit und Lust habe, sich ihr »Gehäuse« anzusehen, so würde er ihr eine große Freude machen.

Was sollte der ob dieser Überraschung immer noch Sprachlose denn noch anderes wollen! So fuhr er an der Seite seiner neuen Bekanntschaft durch die Stadt, der Wagen kurvte in eine Gegend hinein, die Theodor als »beste Wohnlage« von seinem Amt her bekannt war, und bog in eine von Rhododendren gesäumte Einfahrt und weiter in einen Weg ein, an dessen Ende ein Haus zwischen Lindenbäumen hindurchschimmerte, das Theodor eher in den Südstaaten der USA als in dieser Stadt vermutet hätte.

Der Wagen rollte vor den von Säulen getragenen Eingangsbereich des Hauses und kam dort zum Stehen. Die Dame an Theodors Seite blickte ihn lächelnd an, wies mit der Hand auf die breite Haustür und sagte: »Wir sind angelangt!« Theodor wusste in diesem Augenblick, dass das der »Beginn einer wunderbaren Freundschaft« und vielleicht noch mehr war. Für ihn bedeutete das zwar einerseits Rasier- und Krawattenzwang, andererseits aber: Kein Aufstellen seines Hutes vor Kirchentüren, kein Bemühen um die Abfassung eines Bestsellers oder Ähnliches war von jetzt an vonnöten. Er hatte völlig unbeabsichtigt, aber dennoch sehr wirkungsvoll im Wartezimmer seines Zahnarztes den großen Wurf getan!

Nachwort

Man sollte der Realität ins Auge sehen. Träumen ist schön und beflügelt das Leben. Aber wichtiger ist es, die Ärmel hochzukrempeln und zu tun, was getan werden muss.

Nach der Statistik überleben sehr viele Ehefrauen ihre Männer. Oft stehen sie, besonders wenn die Trennung unerwartet kommt, ziemlich hilflos da und bedauern es, nicht rechtzeitig in Alltägliches eingewiesen worden zu sein. Weitsicht ihrer männlichen Partner in dieser Sache macht sich allemal bezahlt. Die Geschichte »Witwentraining« sollte Männern im reifen Alter Anstoß sein, für den Fall der Fälle vorzusorgen. Und vielleicht können sie sogar schmunzeln, wenn sie lesen, welche Lösungen sich zuweilen ergeben …

Andere Geschichten dieser Sammlung beruhen auf Erlebnissen und auf Beobachtungen, wie sie gerade ältere Menschen machen. Sie betreffen Bereiche wie Eitelkeit, Sparsamkeit, Fehleinschätzungen, Alterswehwehchen, aber auch Felder der Kunst geraten in das Blickfeld und machen deutlich, dass das Alter für die Begegnung mit den Musen keine unwesentliche Rolle spielt.

So mögen denn die hier zusammengestellten Geschichten und Reflexionen eher Menschen ansprechen, die auf eine längere Zeit von Erfahrungen zurückblicken als Jugendliche. Aber vielleicht trägt das Mitgeteilte dazu bei, Verständnis auf beiden Seiten

zu wecken und Gegensätze zwischen Alt und Jung
wenn schon nicht zu beseitigen, so doch wenigstens
in einem versöhnlichen Licht erscheinen zu lassen.

Vom Verfasser sind folgende Bücher im Handel erhältlich:
Das Mädchen aus Suwalki – und andere Erzählungen über Ost-
preußen, Husum Verlag 1996
ISBN 3-88042-706-2

Zwischen Kreide und Computer – Plaudereien aus der Schule,
Husum Verlag 2001
ISBN 3-88042-988-X

Tanz in Masuren – und andere Geschichten,
Husum Verlag 2005
ISBN 3-89876-228-9

Stallupöner Geschichten – Geschichten und Bilder aus dem
Land zwischen Trakehnen und Rominten
Books on Demand GmbH, Norderstedt, 2006
ISBN 978-3-8334-6427-0